地方の社宅がいやらしすぎて

桜井真琴

双葉文庫

目次

地方の社宅がいやらしすぎて

第一章　総務のあの娘は地味巨乳

1

「あの……。今夜、お時間をいただけませんか？」

出勤したばかりの原島凜太郎《はらしまりんたろう》が廊下を歩いていると、見たことのない若い女子社員から声をかけられて、きょとんとしてしまった。

「えっ……俺？」

「そうですよ、他に誰もいないじゃないですか」

大きな眼鏡《めがね》の奥の二重《ふたえ》の目で、じっと見つめられた。

会社の制服であるグレーのベストと、膝丈《ひざたけ》のタイトなスカートを身につけた小柄な女性は、見たところ、かなり若い。二十代前半といったところか。

童顔で、その肌は透《す》き通るように白く、黒のミドルレングスのヘアは艶々《つやつや》している。

(こんな娘いたっけな？　どこの課だろう)

真面目《まじめ》そうで目立たない雰囲気《ふんいき》の女の子である。有り体《てい》に言えば、影の薄いおとなしそうなタイプだ。

「え？　……あ、空いてるけど……」

戸惑いつつも、もちろん受け入れた。

他の課の子であろうと、若い子からのお誘いを無碍《むげ》に断るわけにはいかない。

彼女は緊張がとけてホッとしたのか、明るい表情になった。

「よかったあ。原島課長って、本社から来た人だから、とっつきにくいのかと思ってました。見た目もほら、おっきくて熊みたいで」

(意外とズケズケとくるんだなあ。初対面でこの言い方は……人との距離感をはかれないタイプなのかな)

ムッとしたものの、彼女は特に悪びれてもいない様子なので、まあいいやという気分だ。

「あっ。私、総務課の小玉春美《こだまはるみ》と言います。原島課長と同じ社宅に住んでるんです」

「へえ。そうだったんだ」

原島凜太郎は大手の防犯設備メーカー、セルック・セキュリティーの東京本社に勤務していたが、春の人事異動で名古屋《なごや》支社に課長職で転勤となり、三月頭に引き継ぎのため名古屋に引っ越してきた。

妻子を東京に残しての単身赴任《たんしんふにん》である。

そんな凜太郎は、セルックの借り上げ社宅に入居している。

社宅は、六階建てのこぢんまりした賃貸《ちんたい》マンションだ。全二十世帯のうち、家族用2LDKを三部屋と単身者用ワンルームを四部屋、計七部屋をセルックが社宅として借りており、残りの十三世帯は一般向けの賃貸物件だ。

「私、原島課長と挨拶《あいさつ》したことありますよ。一度だけ」

「え？　あっ、そうか……」

適当に相づちを打ったが、挨拶をした記憶はない。

まだ社宅に入って一週間ほどで、住人の顔はまったくわからないし、何よりこの子が地味で目立たない感じだから記憶に残っていないのだろう。

「私、四階なんです。原島課長、五階ですよね？」

「よ、よく知ってるね」

「はい。だって匂いが……」

「匂い？」

訝《いぶか》しむと、彼女は慌《あわ》てたように手を振った。

「いえ、なんでもないです。すみません……それじゃあ、夜に」

彼女がその場から離れようとしたので、凜太郎は慌てた。

「お、おい……その……夜に君と……何を？」

凜太郎が尋ねると、春美は目の下を赤く染めて、

「やだ……なんですか、それ。いやらしい言い方しないでください」

と顔を強張《こわば》らせたので、凜太郎は慌てた。

「いや……だって、まだ何をするかも聞いてないし……」

「あ、そうでした。すみません。実はご相談があって……。社内では話しづらい内容なので、退社したあとがいいんですけど」

「相談ね……でも、なんで俺に？　まだ転勤してきたばかりで、名古屋支社のことなんて全然わからないし……」

「だからいいんです」

春美が急に神妙《しんみよう》な顔つきになった。凜太郎は眉《まゆ》をひそめる。

「支社の中のことを知らない方がいいの？」

「はい。詳《くわ》しくはあとで……社宅の近くに、《あずみ屋》って居酒屋があるんですが、ご存じですか？　そこでどうでしょうか」

「あずみ屋か、いいよ」

春美の顔が少し明るくなった。

「ありがとうございます。じゃあ、十九時くらいにそこで」

呆気《あっけ》にとられている凜太郎を残し、春美は廊下を歩いていく。

（転勤してきて一週間、支社内のことは何もわからないのに、それがいいって、どういうことなんだろう）

そう思いつつ、春美の後ろ姿を眺《なが》める。

「おい、何ぼうっとしとるんや」

後ろから声をかけられた。

振り向くと、営業課次長の岡村《おかむら》が立っていた。

浅黒い肌に角刈りで体格が抜群にいい。元自衛隊員だそうで、防犯設備メーカーにはうってつけの人材だ。

「どうや、名古屋は。東京なんかよりよっぽどええやろ」

思いきり顔を近づけられた。

「そ、そうですね」

凛太郎は曖昧《あいまい》に相づちを打った。

何度も言うが、なにせ引っ越してまだ一週間だ。

確かに東京のラッシュ時ほど電車は混まないし、市の中心街もごみごみしていないが、思ったよりも田舎《いなか》だったなという印象しかない。

「せやろ。名古屋はいいがな。どや、景気づけに昼は寿司でも行こまい」

「えっ、ごちそうさまです」

と凛太郎が口にしたら、岡村が思いきり眉をひそめた。

「タワケが。割《わ》り勘《かん》に決まっとろうが」

あっさり言われた。

名古屋人がケチだというのは都市伝説かと思っていたが、本気にしたくなってきた。

「じゃあ、あとでな」

岡村の後ろ姿を見送っていると、腹のぽっこり出た中年男が岡村に声をかけている。

「次長、今日はどこで打ちます？　ニューモナコは？」

「なんや、目をつけた台でもあるんか」

岡村が男に返事する。

「昨日なんですけど閉店間際にちょっと覗《のぞ》いたら、やたらまわっとる台があって、あれは出ますで。賭《か》けてもいい」

「おまん、こんなしょぼい会社やめて、パチンコで食ってけるんやないか？」

「そんな度胸はないですって。じゃあ、早めに会社出ましょうか」

「そうやな」

ふたりが笑う。

緩《ゆる》い。

緩すぎる。やはり本社と地方の支社は違うと思った。

なんだか自分だけ取り残された気分である。

いつか、本社に戻れる日はくるんだろうか。心配になってくるが、とにかく新天地でやるしかない。妻と子どものためにも頑張らなければならない。

（それよりなんだろうな、相談って）

凜太郎は営業課のオフィスに向かいながら、春美の相談事をいろいろ考えた。

東京から異動してきたばかりの管理職に、会社では言えない相談というのは本当になんだろうか。

(それにしても、なんか、ぎこちなかったな、あの娘……)

なんだか男性と話すのに慣れていないような感じだった。こんな三十五歳の中年に差し掛かった男に緊張するくらいだったら、同世代のイケメンとなんか、まともに話せないだろう。ウチの課の岩下《いわした》なんてチャラ男は、おそらく苦手に違いない。

「おはようございます、課長」

そんなことを考えていると、背後から声をかけられた。

振り向くと同じ営業課の坂戸美香子《さかどみかこ》が出社してきたところだった。

「ああ、おはよう」

ドキッとして、思わず声が裏返ってしまった。

坂戸美香子は営業課の係長で、スタイル抜群の美人である。

肩までのふわっとウェーブさせた栗色の髪に切れ長で涼《すず》やかな瞳。

目鼻立ちが整っていて、いわゆる正統派の美人。ひそかに凛太郎のタイプであった。

年齢は三十四歳で凛太郎のひとつ下だが、二十代に見えてしまうほど若々しく、いつも身体のラインの出る細身のジャケットや、美脚を見せつけるようなミニのタイトスカートを着こなしている。

それに加えて仕事に対しては真面目で厳しく、上司になった凜太郎も教わることが多い。社内でも男たちの間でたびたび話題にのぼるような、目立つ女性社員だったのだ。

「どうかしたんですか？　ぼんやりして。何か考え事でも？」

「い、いや……別に」

思わず目をそらしてしまう。

情けないがこれほどの美人だと、わが部下ながら直視できないのだ。

「九時からの会議、よろしくお願いしますね」

「あ、ああ」

曖昧に返事すると、美香子はカツカツとピンヒールを鳴らしながら大股で歩いて凜太郎を追い越していく。

後ろ姿も背筋が伸びて颯爽《さっそう》としていた。

何よりもタイトスカートの尻がムチムチと張りつめているのがいい。

スレンダーだけど出るところは出ている男好きする身体つきだ。

そんな肉感的なヒップをタイトスカートの中で妖しげに揺らして歩く美香子の後ろ姿を見て、どうせだったら美香子から相談をされたかったなあと凜太郎は妄《もう》想《そう》した。

《課長、実は私、課長のこと……》

《坂戸さん、いけないよ。俺には妻と子どもが……》

あれ？

そういえば彼女も同じ社宅だったなと思い出した。単身者用のワンルームだ。

（あんな美人なのに、独身かあ……。きっと、理想が高いんだろうなあ）

気がついたら、胸にバインダーを抱えた女子社員が、奇妙なものを見るような目をして凜太郎の前を通り過ぎていった。

2

その夜。

3番線の地下鉄ホームに着くと、ホームにはいつもより遥《はる》かにたくさんの乗客が電車を待っていた。

「すごいな、こりゃ」

凛太郎が言うと、部下である岩下がスマホを見ながらつぶやいた。

「どこかで事故があったみたいっすね。あーあ、こんなんだったらもう少し遅く会社を出ればよかったなあ」

岩下がため息をついた。

彼はまだ三年目の二十五歳。聞いたところ、今朝声をかけてきた総務課の小玉春美と同期のようだが、春美の存在はなんとなくしか認識していなかった。

(まあそうだよなあ、全然タイプが違うからなあ)

岩下はどう見ても社交的……悪く言えば、チャラくて何も考えてないような今どきの若者だ。対して春美はどうにも影が薄い、内向的なタイプである。

「よくあるのかい、電車の事故って」

訊くと、岩下は首をかしげる。

「あんま、ないっすねえ。こんなに混むのはすげー久しぶりっす。あ、でも課長は東京だったから、こんな混雑も余裕でしょ」

「まあな、朝の通勤時はいつもこんな具合だったな」

「そうですよねえ。俺も東京の大学行ってたときはひどい目に遭ったからなあ。やっぱ名古屋がいいっすよ、東京より」

岩下がはっきり言った。

次長の岡村もそうだが、名古屋の人は地元が一番だと思っているようだ。

「名古屋のいいところって、何だ？」

訊くと、岩下が目を輝かせた。

「女がエロい」

「は？」

どうも本気のようだった。

「それ、エビデンスか何かあるのか？」

「ないっすけど、名古屋って、ほら、昔から女がケバいとか言われてたじゃないすか、名古屋嬢とか言われて」

「よく知ってるな、確か愛知万博やってた頃の言葉だぞ」

「親父から聞いたことあって。まあその感じで、結構、女がサバサバしてて、オープンっていうか……とにかく、名古屋の女はエロいんです」

「ホントかよ。おまえのまわりだけなんじゃないのか？」

眉唾《まゆつば》だなあと思いつつ言うと、岩下は「いやいやいや」と否定した。

「名古屋、風俗が多いっすからね。しかも、名古屋育ちの娘って東京や関西の大学に行っても、俺みたいに就職で地元に戻ってくるから、可愛い子が多いんですよ」

そんなことを喋《しゃべ》っていると、満員の電車がホームに入ってきて、ドアが開いた。

中からどっと人が降りてきて、岩下とは離れてしまった。

(久しぶりだなあ、この感じ)

人の波に押されながら車内に押し込められ、凜太郎はそっとため息をつく。

背が高いから、息をつけるだけまだいい。それでも熱気でワイシャツの下が、早くも汗ばんできている。

(小玉さんと会うのに、汗臭いのはいやだなあ)

などと考えていたとき、発車のベルが鳴り響いた。

ふと乗車口の方を見ると、駆け込んできた女性がいて、あっ、と思った。

(あれ？　小玉さんじゃないか？)

ちらりと顔が見えたが、春美だった。

グレーの地味なコートにロングスカート姿。私服もやはりおとなしめである。

(なんだ。一緒に帰ればよかったかな)

背伸びをして様子を見ると、春美はこちらに背中を向け、ドアにピタリと身をあずけている。

少し距離があるし、なにせ混んでいるのでこちらに気づく様子もない。

声をあげて呼ぶわけにもいかないし、次の駅で乗客が降りて車内が空いたら近寄って声をかけようか。

そう思って発車してから、何気なく彼女の様子を見ていた。

ミドルレングスの黒髪は艶々して手入れは行き届いているが、髪型はなんとも無造作に見える。

目鼻立ちは整っているのに、化粧気のないほぼナチュラルなメイクと大きな眼鏡のせいで、なんとなく野暮《やぼ》ったい印象だ。

眼鏡の奥にある二重の目もわりと大きくて、眼鏡を外せばもっと女らしく見えそうなのに、もったいないところだ。間違いなく男性経験は少ない……もしくはまだだったりして……。

《名古屋の女はエロいんです》

ふいに先ほどの岩下の言葉が蘇《よみがえ》る。

だけど春美には当てはまらなそうだ。どう見ても地味で内気、男など知らない感じである。

(まあ、名古屋だからと言っても、いろんなタイプの女性がいるだろうしな)

そんなときだった。

春美の様子が少しおかしいのに凜太郎は気づいた。

ときどきチラッと肩越しに後ろを見ては、また前を向いて、何やらもぞもぞしているのである。

地下鉄のドアのガラス窓に、春美の顔が映り込んでいた。

窓に映る表情は、眉を歪《ゆが》めていやそうな感じだ。

凜太郎は目を細めた。

(なんか不自然な動きだな、ごそごそしていて……まさか、痴漢されてるんじゃないだろうな)

そう思ったのは、彼女が小柄で、誰が見ても内気そうな雰囲気だからだ。声をあげそうもないタイプは狙われやすい。

女性専用車両があるからそれに乗ればいいのだが、待ち合わせ時間に遅れまいと慌てて一般車両に乗ってしまったのだろう。

(まさか本当に痴漢じゃ……ないよなあ……)

毎日電車が混む東京でも、痴漢の現場に居合《いあ》わせたことはない。

何かを車内に落としてしまったから、もぞもぞしてるんだろうと思うが、眼鏡の奥の目はつらそうに歪み、ピンクの唇を噛《か》みしめている。

まるで、何かをこらえているような表情だ。

(気分でも悪いのかな?)

そう思った次の瞬間……。

春美がわずかにビクッとして、

「あっ……」

と、ここまで声が聞こえてきそうなほど、悩ましい仕草《しぐさ》でピンクの唇を開いたのが見えたのだ。

ドキッとした。

(い、今の……感じたときの表情じゃないのか……?)

あんな悩ましい表情もするのかと思うと、目が離せなくなった。

揺れる満員電車の中、あんな表情を見せられたら妄想がふくらむばかりである。

やっぱり、どこか触られてる……?

目をこらす。

彼女のまわりの男たちに不審な動きはない。

といっても、これだけ混み合っていては何もわからない。

（小玉さん……まさかな……）

そう思っても、先ほどから女性が感じたときのような表情は変わらない。

《名古屋の女はエロいんです》

また岩下の言葉が脳裏にちらついた。

春美の表情は困惑しきりで、何度もせつなそうに後ろを見ていた。

（もし万が一、痴漢だったら……）

男の手が、むにっ、むにっ、と春美のコートの上からヒップを撫《な》でまわしているのを想像してしまう。

（いや、同僚の子をそんな目で見るなんて……不謹慎だ）

だが……。

ドアのガラス窓に映る、春美の表情はとても扇情的《せんじょうてき》だ。

眼鏡の奥の目の下がねっとりと羞恥《しゅうち》に朱く染まり、こころなしか顔が先ほどよりも上気している。

さらには今にも泣き出さんばかりに眉根を寄せて、唇を噛みしめている様子も見える。

時折、細い肩を揺するような素振《そぶ》りを見せていた。

そして……。

春美は手の甲《こう》で自分の口元を押さえている。

その姿がまるで、

「あっ……あっ……」

と、うわずった声が漏《も》れそうになるのをこらえているように見えてしまい、たまらなくセクシーだった。

（ああ、知らない男に撫《な》でられて感じてるのか……？　満員電車の中でイタズラされているのに）

また妄想がふくらんでしまう。

股間が痛いほどに硬くなってしまっていた。

とびきり美人というわけではないが、地味ながらも整った顔立ちだ。

興奮しないわけがない。

そんなことを思っていると、次の駅が近づいたことを告げるアナウンスが聞こえてきた。

その途中で、

「あっ……！」

という感じで、彼女が口を塞《ふさ》いだまま、顎《あご》をクンッとせりあげた。

両目がカッと見開かれている。

（な、なんだ……）

信じられないことが起こったという表情だ。

（もしかして、スカートの中にまで痴漢の手が入ってきた、とか……）

凜太郎のズボンの中は、すでにギンギンだった。

こんなふくらみを乗客の誰かに押し当ててしまったら、こっちが痴漢で捕まってしまうだろう。

身体をよじらせて鞄《かばん》で股間をガードしてから再び春美を見れば、彼女は耳まで紅潮し、立っていられないというようにドアにもたれかかり、つらそうに顔を歪めていた。

（痴漢されて、感じてるのか……？　あの真面目そうな女の子が……）

いやいやまさか、冷静に考えれば、そうではないだろう。

やはり車内の人熱《ひといき》れのせいで身体の具合が悪くなったに違いない。

だがしかし……電車がスピードを緩めたときだ。

春美の顔がふいに突きあがり、口が、

「あっ……」

という形で開いたままのけぞり、全身がわずかに震えているように見えた。

(な、何だ? 今、何か……あの娘……)

具合が悪いにしては妙な動きだった。

注意深く見ていると、彼女はうつむいて、また口を手の甲で隠しながらもう顔をあげようとはしなくなった。

電車が止まる。

春美が立っている方のドアが開くと同時に、人が押し出されていく。

岩下がこちらに向かって手をあげながら、その人の波に揉《も》まれて電車の外に出ていった。岩下は実家暮らしで、この駅で別の路線に乗り換えるのだ。

(あれ?)

降車が終わり、ホームで待っていた乗客が電車の中に戻ってきたのだが、その中に春美の姿はなかった。

3

社宅の近くにある居酒屋のあずみ屋は、週末でもないのに混んでいた。

店内はそれほど広くないから、ぐるりと見渡せば、春美はまだ来ていないようだった。

（あれ？　おかしいな）

車内で一度姿を見失ったが、降りる駅は一緒だから駅の改札で待ってみたものの、春美は現れなかったので先に店に行ったのだろうと思っていたのだ。

（具合が悪そうだったから、一旦家に帰ったのかもしれないな）

少し待ってみようと思い、店員に言って、カウンターの一番奥の席をふたつ確保した。

来なければこの店で夕食を済ませればいいと思っていたときだ。

春美がドアを開けて入ってきた。

店内を見渡し、こちらと目が合うとぎこちない笑顔で近づいてくる。

「すみません、遅くなってしまって」

申し訳なさそうに言いながら春美は鞄を置き、コートを脱いで凜太郎の隣に腰を下ろした。彼女はゆったりめの白いブラウスと、ロングスカートというおとなしめの格好だ。

先ほどの車内の光景が頭をよぎり、身体を熱くしてしまう。

(いやいや、いかん。あれは、けして痴漢じゃない。俺の妄想だ)

春美を見れば、落ち着いている様子だった。

「いや、俺も今お店に着いたところだよ。小玉さん、さっき電車で見かけたよ。同じ車両に乗ってたね」

反応を見たかった。

すると彼女は一瞬だけ眉を曇らせ、

「そうだったんですね。気づかなくてすみません」

と素《そ》っ気《け》なく言って視線を落とした。

「声をかけようと思ったんだけど、車内がぎゅうぎゅうだったからさ。降りてかと思ったら見失っちゃって」

「私、歩くの速いんで」

彼女は特に焦《あせ》っている様子もない。

(やっぱり俺の妄想だったんだな。でも……さっきの表情、ちょっとエッチだったな……）

痴漢じゃなかったとは思うが、やはり意識してしまう。

「何を飲もうか。お酒は強いの？」

凜太郎は彼女にメニューを見せる。

「あの……ウーロンハイを……私、あんまりアルコールは強くないので」

やってきた店員に生ビールとウーロンハイを頼んで、まわりを見渡す。ごく普通のチェーン店の居酒屋だ。確か焼き鳥がウリの店である。

「ここには、よく来るの？」

尋ねると春美は首を横に振った。

「いえ……たまにひとりで、ご飯を食べに来るくらいで……」

「社宅に近くて便利な店だよね」

凜太郎が言うと、彼女はうつむき加減にぽつりと答える。

「でも私、ほとんど自炊なんで。一階にコンビニがあるし、すぐ近くにスーパーもあるから……。そういう意味では、うちの社宅、便利だと思います」

彼女はちょっとはにかみながら、ニコッと笑う。

（いい子なんだな）

凛太郎は隣に座る春美を、ちらりと盗み見る。

肩までのミドルレングスの黒髪に、びっくりするほど白くてほっそりした首、そしてかなりの小顔である。

(でも、やっぱり男っ気はまるでないように見えるなあ。男慣れしてないというか、元々自分からはあんまり喋らないタイプのようだし)

地味で影は薄いが、真面目そうだ。十歳も年が違うと、親というか年の離れた兄のような目で見てしまう。

「ん?」

メニューを見ていた春美が、こっちを向いた。

「あ、いや、ずいぶん食べるものを悩んでいるなと思って」

「私、食に妥協したくないんです。人生で食事をする回数は決まってますから。ここのお店って焼き鳥がおすすめみたいです」

春美は真剣な口調で言う。

なるほど。食に重きを置いているらしい。

ふたりで相談して焼き鳥とじゃこのサラダ、煮込みを注文する。

サラダは、『独り暮らしなんですから、栄養のバランスが大事です』と春美に言われて仕方なく注文した。

頼んだ生ビールとウーロンハイが来て、ふたりで乾杯した。

「おいしいっ」

春美が満面の笑みでジョッキを傾ける。

弾けるような笑顔にキュンとしてしまった。

（アルコールは強くないって言ってたけど、まあまあ飲めるのかな。こうやって話してみると、結構気さくだな）

人見知りだけど、いったんうちとけると人懐《ひとなつ》っこいタイプのようだ。

見ていると、春美がちょっと顔を赤くした。

「あっ、喉《のど》が渇いてたので……」

慌てて言い訳するから苦笑してしまった。

彼女のことをもっと知りたいと思ったが、元々ここに来た用件を思い出して、春美に尋ねた。

「で、君の相談というのは？」

春美が「あっ」と思い出したように言ってから、声をひそめる。

「実は……会社で妙なことが……」

「妙なこと？　まさか……幽霊でも出るとか？」

春美が露骨《ろこつ》にいやそうな顔をした。

「えっ……見たんですか？」

「いやいや、たとえばの話だよ、たとえばの」

彼女は胸を撫で下ろした。どうやら幽霊の類《たぐ》いはかなり苦手らしい。

「実は、なくなるんです」

「何が？」

「会社の備品が」

「え？」

「事務用品とか文房具とか……備品って総務課の隣にある備品室の中の鍵のかかるロッカーで保管してるんですけど、その中の備品がなくなるんです」

凜太郎はちょっと拍子抜けした。

プライベートな相談だとばかり思っていたが、まさか社内のことだったとは。

「ふーん。どういうものがなくなるの？」

「納品されたばかりのボールペンがケースごとなくなったりとか、前日まで五つあった新品の電卓が次の日にはふたつに減ってたりとか。今年の年明けくらいから何度も……」

なるほど。

一個や二個程度なら数え間違いの可能性もあるが、何度もあるわけか。

「ロッカーに鍵はかけてあるんでしょ？」

「かけてるんですが管理が緩くて。誰でも持ち出せるところに鍵を置いてるんです。週に一回、私が在庫管理をしているんですが、昨日もやっぱり数が合わないものがあって」

言ってから彼女はウーロンハイのジョッキに口をつける。

「誰かがこっそり盗んでるのかな。小遣い稼ぎとか、生活費の足しにとか」

「私もそう思って上司の木村《きむら》課長にも話したんですけど『小玉さんの勘違いじゃないのか？　仮に備品がなくなっていたとしても、同僚を疑ったりすると社内の雰囲気が悪くなるから、もう少し様子を見ようよ』ってあんまり真剣には取り合ってくれなくて」

届いたサラダを取り分けながら、春美が続ける。

「これから何度もこんなことが続くと、そのうち管理を任されている私が疑われそうで。だから……早く解決したいんです」

「そりゃそうだ。でもそれをなぜ転勤してきたばかりの俺に相談したの？」

「備品がなくなりはじめたのは年明けからですから、三月に異動してきた原島課長は、容疑者リストから外れます」

まるでミステリー小説に出てくる探偵のような口ぶりだ。

「なるほどねえ。それならもういっそのこと、鍵の管理を厳重にしたら？　いろいろ面倒くさいだろうけど、鍵を持って帰宅するとか」

「それなんですが」

春美が声をひそめて身を寄せてきた。

「一緒に犯人を見つけてもらえませんか？」

「はあ？」

ずいぶん面倒なことを言い出した。

「どうして犯人がこんなことをしているのか、その動機を知りたいんです。きっと何か秘密があるんじゃないかと……」

春美が真剣な面持《おもも》ちで言う。

備品を盗むことに、たいそうな秘密なんてあるのか？

「いや、いくら何でもそんなミステリー小説みたいなことは……」

「取るに足らないような小さな事件が、後の大事件に発展していく。ミステリーの王道です」

「はあ」

至って真剣な表情だ。好きなこととなると饒舌《じょうぜつ》になるのは、いかにもオタクっぽい。どうやら彼女は大のミステリー好きのようである。

「それに防犯設備メーカーの社内で備品の盗難事件が頻発《ひんぱつ》しているなんて、洒落《しゃれ》にもならないじゃないですか」

それは……確かに一理ある。

「ここはきっちり犯人を特定し、社内の防犯意識を高めなければいけないのではないでしょうか」

熱く真剣な眼差しで見つめられると、正論なので頷《うなず》くしかなかった。

「でも俺、そういうの、あまり得意じゃないけど」

「大丈夫です。探偵は、凡庸《ぼんよう》な助手と行動をともにすることで、ヒントやひらめきを得たりしますから」

どうやらワトソン役として見初《みそ》められたらしい。

期待されてないってことか。

「それに、その……原島課長ってこう……話しやすいと言うか、頼りなさそうですけど、いろいろお願いできそうですし……。私、こう見えて人見知りなんです」

「なんとなく人見知りなのはわかるけど……俺って、話しやすい？」

「ええ。原島課長って、その……なんと言うかマスコットキャラみたいで、人畜《じんちく》無害《むがい》というか……」

ああ、なるほど。愛玩《あいがん》動物の類いだと言いたいのか。

まあいい。でも彼女はなかなか面白そうな娘だ。

「わかったよ。じゃあ協力する」

「ホントですか？　やった！」

春美はうれしそうに表情を崩し、ウーロンハイのジョッキをかちんと凜太郎のビールジョッキに合わせてから、こくこくと喉に流し込んでいく。

4

「だからぁ。だいじょうぶらって、言ってるでしょ」

春美は強い口調で否定するものの、どう見ても大丈夫ではなかった。

社宅であるマンション一階のエレベーターの前。

居酒屋で飲んでいるときから、どうも目がすわってきて怪しいなあと思っていたら、店を出たら案《あん》の定《じょう》、春美はふらふらして、ろれつがまわらなくなっていた。

「これで大丈夫なわけないだろ。部屋の前まで送っていくから」

心配して言うと、春美は大きな眼鏡の、その奥の目を細めて睨《にら》んできた。

「あ、凜太郎ってば……私の家にあがるつもりらなあ」

顔はもう真っ赤で、アルコールの甘い匂いがぷんぷんしている。

いつの間にか名前で、しかも呼び捨てになっているが、そんなことよりも春美をなんとか部屋の中まで入れてあげなければならない。

「あがらないよ。部屋に入ったのを確認したら帰るから。だって、このままだと外で寝ちゃいそうだし」

「寝ないって言ってるれしょ。あっ」

そのときだった。

春美が足をふらつかせて倒れそうになったので、凜太郎は反射的に春美の身体を支えた。

くびれた腰のラインを手のひらに感じた。

(あれ？ 意外とウエストは細いんだな。へえ……そんなに痩《や》せてる印象はなかったけどな)

凜太郎が「大丈夫か？」と訊くと、

「くらくらする……」

と春美はつぶやきながら身体を預けてくる。

(ん？ ちょっと待てよ……)

間違いかな？ ムッチリと柔らかい感触を感じた。

(こ、これ……おっぱいだよな……)

女子社員の制服は、ややゆったりしたデザインだから気がつかなかったが、この娘はわりと胸もありそうだ。

(意外だなあ……会社の男どもは誰もそんなこと言ってなかったけど……)

まあ影が薄いから無理もないが……ちょっと女として見てしまうと、内気そうな地味顔が、憂《うれ》いを帯びた表情に見えてしまい、ドキッとした。

色白の顔が、今は首元まで朱色に染めて、とろんとした色っぽい双眸《そうぼう》になっている。

（こうやって見るとセクシーだ……なんて思っちゃだめだ）

凜太郎は彼女の肩を支えて言った。

「の、飲みすぎだろ……まったく……」

この娘がこんなに酒癖が悪いとはな。

今後気をつけなきゃいけないと思いつつも、彼女のフルーティな呼気《こき》や、うっすらと香る柔肌《やわはだ》の匂いに心臓が高鳴る。

「気持ち悪い」

春美がガクンと首を折った。

「おい、大丈夫か……？」

言いながら、春美の胸元が視界に入り、凝視してしまう。

コートの下に着ているのは、だぼっとした白いブラウスだ。それが、なんだか重たげに揺れているようにも見える。

（ま、まずい……あまり直視するな……）

相手は同じ会社の女子社員だ。

しかも彼女は、男性とつき合ったことがなさそうな地味で目立たないタイプの子である。

（こんなところ、この社宅《マンション》に住む同僚に見られたら大変だぞ）

エレベーターがようやく降りてきて扉が開いた。

誰も乗っていなかったことにホッとする。

春美は凜太郎の腰にしがみつきながら、自らエレベーターの中に入っていく。

仕方なしに肩を抱いたまま、凜太郎も入っていく。

「らいじょうぶれすから」

春美は言うものの、ふらふらして今にも倒れそうだ。これはもう部屋の中まで送り届けるしかないと、四階でエレベーターを降りて春美の部屋の前まで行く。

「あ、鍵っ」

彼女はバッグの中をごそごそと漁《あさ》る。

なんとかキーホルダーのついた鍵を見つけたようだが、ふらついて解錠する前に下に落としてしまった。

「あん、もうっ……！」

自分に苛立《いらだ》ちながら、しゃがんで鍵に手を伸ばすと、彼女はそのままぺたんとドアの前にへたり込んでしまった。

「お、おい、だいじょう……」

下を向いて身体をゆらゆらと前後に揺らしている春美を覗き込もうとして、凜太郎は息を呑んだ。

春美のスカートが大きくめくれて、ムッチリした肉感的な太ももが、スカートの裾《すそ》から見えていたからだ。

彼女はしゃがんだまま膝をわずかに開いているから、普段の彼女なら絶対に見せないだろう、太ももの内側まで見えてしまっている。

光沢のあるナチュラルカラーのパンティストッキングに包まれた太ももは、かなり色っぽい。

（地味でおとなしそうなのに、身体つきはわりと……）

気がそわそわしていると、

「いたた……」

彼女は床に手を突き、スカートを直して立ちあがろうとした。腕を取って支えてやる。

そして今度はちゃんと解錠してドアを開け、よろけながら部屋に入っていく。

「ホントに大丈夫か……？」

戸口に立って見守っていると、彼女はよろけながらコートを玄関で脱ぎ捨ててから、前屈みになってパンプスを脱いだ。

スカートに包まれたヒップがこちらに突き出されて、その悩ましいまでの丸みと両手でつかみきれないほどの大きさに目を瞠《みは》る。

(思っていた以上に、身体つきはエロいんだな)

地味でおとなしそうな眼鏡っ子は、実は豊満な身体をしている。そのギャップを知ってしまったら、なんだかドキドキしてしまう。

春美が前のめりによろけそうになった。

慌てて右腕を身体の前にまわして支えようとしたら、その右腕にずしりとおっぱいの重みを感じた。

(や、柔らかいっ……なんなんだよ、この娘のおっぱいは……)

見た目以上の巨乳だ。

よろける春美を支えたので、ドアがガチャンと大きな音を立てて閉まってしまった。

背後のその音に驚き、凜太郎は慌てた。

「いや、違うんだ。その……前に……前に倒れてしまいそうだったから」

彼女は気にも留めず、部屋の奥の方を指さす。

「あっち」

「へ？」

「ベッドはあっちらから。うーん、やっぱりちょっと飲みすぎたみたいれす……ベッドまでつれてってくらさい」

「ええーっ⁉」

驚いて彼女を見る。

頬《ほほ》が上気して、眼鏡の奥の目がとろんとしている。睫毛《まつげ》の長い二重瞼《まぶた》の下の瞳が酔いもまわって濡れ光っていた。

「い、いや、でも……それは……まずいだろ」

「ううん……」

春美が凜太郎の肩に頭をのせ、体重を預けてくる。

酒の甘い匂いに交じって若い女性の匂いが鼻先をくすぐってくるので、一気に興奮が下腹部に集中していく。

(まずいな、久しぶりに女性に触れたから……)

みんなが振り返るような美人ではない。

顔は地味で性格も内気なようだが、いい身体をしている。ちょっと緊張してきた。

肩に手をまわして身体を支えつつ、靴《くつ》を脱いで部屋の奥へと連れていく。

「ごめんねぇ、凜太郎」

耳元でささやかれる。

アルコールを含んだ温かい呼気が首に吹きかかった。

ドアを開けると、広めのワンルームの奥にシングルのベッドがあった。

春美はそのままベッドに仰向《あおむ》けに倒れ込んだ。

「あっ、おい……ちょっと、そんな格好で寝たら……」

そこまで言って凜太郎は息を呑んだ。

彼女が寝返りを打って半身になったとき、スカートがめくれて、ストッキングに包まれた太ももの裏側が露わになったのだ。

(ふ、太ももが……なんか色っぽいな……)

さらに春美は「うーん」と苦しそうにつぶやいて、仰向けに戻った拍子に両脚が開いた状態になり、太ももの奥に白いものがちらりと見えた。

カッと目を見開いてみれば、若い女の子の股間を覆《おお》う白い下着だとわかって、にわかにドキドキした。

（うわっ、まずい）

慌ててスカートを直してやる。

凜太郎は呼吸を整えた。

（ア、アホか。こんなおじさんが、二十代の女の子のパンティが見えたくらいで動揺するなんて……）

仰向けの春美を見る。

ちょっと苦しげに、ううん、ううん、とうなっているのが、不謹慎ながら色っぽかった。

さらには白いブラウスを押しあげる胸のふくらみも、仰向けなのに形はまるで崩れずに若さを誇示するように上を向いている。

（いかん……）

このまま見ていたら、ムラムラしてしまいそうだ。

「お、おい。水か何か、飲むかい？」

訊くと春美が、

「飲む」

と言って小さく頷いたので、キッチンでコップを探す。

ずいぶんと物が少なくてシンプルなキッチンだ。

いや、この部屋自体が若い女の子にしては物が少なくて、堅実な生活を心がけているることがよくわかる。

小さなコップがあったので、それに水をついで持っていってやる。

「飲めるかい？」

訊くと彼女は気だるそうに上体だけ起こし、両手でコップを持ってそのままごくごくと勢いよく水を飲んだが、口の端からこぼしてしまい、彼女の首筋と白いブラウスをぐっしょり濡らしてしまった。

「あ、おい、しっかり飲んで」

凛太郎が言うと、彼女は空になったコップをこちらに渡してから、そのまま仰向けに倒れ込む。そしてすぐに寝息を立てはじめた。

（おい、寝ちゃったのかよ……）

首元と胸のあたりが濡れている。

ハンカチを出して拭《ふ》いてやろうとしたときだ。

結構な量の水をこぼしたせいで、白い薄手のブラウスがぐっしょり濡れ、下のブラジャーが透けて見えている。

肩のあたりの地肌とブラジャーのレース模様まで透けて見えて、凜太郎はギョッとした。

（うわっ、エ、エロいな……）

洋服を着たままベッドに横になっている若いＯＬの無防備な姿……。

陰茎《いんけい》が疼《うず》く。

息づかいが速くなる。

ちょっと緊張するが、濡れたところを拭いてやらないと。

（仕方ない……風邪をひいたら大変だから……）

自分で自分に言い聞かせる。

心臓がバクバクした。

ハンカチをそっと首元に当てるも、彼女はわずかにピクッとしただけで、眠ったままだった。

そのまま雫《しずく》を拭き取るように、ハンカチで春美の首筋を拭《ぬぐ》い、そのままブラウスの襟元《えりもと》から胸のふくらみへハンカチを持つ手を移動させる。

ごくっ、と唾《つば》を呑み込んでから、ふくらみの頂点にハンカチをそっと押し当てると、そのままムニュッと沈み込んでいく。

（すごく……柔らかい……）

鼻息を荒くしながら、さらに濡れた胸の部分を拭き取っていると、

「うんっ……」

と、わずかに春美が声を漏らした。

慌てて彼女の表情を見るも、眠ったままだ。

（全然、起きないぞ……）

もしかしたら、もっと大胆なことをしても……。

今度はもう少し強くハンカチを胸の頂点に押し当て、ゆっくりと指に力を入れて胸を揉んだときだ。

「んうふん……」

春美が鼻から抜けるような声を漏らして、腰が動いた。

ドキッとして、凜太郎は慌てて手を離す。

（あ、危ないっ……い、いかん……これじゃあ、痴漢と変わらないじゃないか。相手は泥酔《でいすい》して正体をなくしている会社の女の子だぞ……）

なんとか理性が働いて思いとどまる。

もし二十代だったら、このまま彼女に覆《おお》い被《かぶ》さっていたかもしれない。ここの

ところご無沙汰ではあるものの、妻子ある三十五歳だ。道を踏み外すわけにはいかなかった。

危ないから、せめて眼鏡だけでも取ってやろうと、手を伸ばして眼鏡を外してやると、

（えっ⁉　やっぱり素顔は可愛いんじゃないか？）

この娘は眼鏡をかけない方がいい。

（なんなんだよ、この娘は……）

地味でおとなしそうで処女っぽくて初心《うぶ》……。

春美を性の対象として見るような男性社員もいないほど会社では影が薄い。

それが眼鏡を取ればわりと可愛らしくて、しかもこれほどまでにナイスボディをしているとは……。

（マジか……こんな、おとなしそうな娘が……）

がぜん興味が湧《わ》いたものの、さすがにこのまま襲うことなんてできなかった。

せめてもう少しこのシチュエーションを堪能《たんのう》したいと思ったが、さすがにそうも言っていられない。

布団をかけてやったら、どっと力が抜けた。

（まったく……この子と飲むときは気をつけよう）

理性が残っているうちに部屋を出ようと立ちあがると、ベッドの向かい側にある大きな本棚が目に留まった。

上からぎっしりとミステリー小説が並んでいる。

（ホントにミステリーが好きなんだなあ、おっ）

下段の方に、昔懐かしい『名犬探偵』シリーズが並んでいる。

昔好きで、よく読んでいた人気シリーズだ。

つい手に取ってパラパラとページをめくる。懐かしい。確か十巻まで読んだ記憶があるが、ここには十三巻まで揃《そろ》っている。

（今度貸してもらおうかな……。うん？　あれ？）

今取り出した本の奥の方に、別の文庫本が差してある。人目につかないように隠してあるような収納の仕方だ。気になって覗き込むと、その本の背表紙に『人妻濡れ濡れ』という刺激的な言葉が書いてある。

（な、なんだよ、このどぎついタイトルの本は……）

手前のミステリー小説を五冊ほど手に取って抜き出すと、その奥には、『女教師凌辱』『処女の匂い』『ＯＬ調教』『おねだり女子大生』

といった、かなりハードなタイトルの本が並んでいて、凜太郎は目を疑った。

（えっ？　なんだこりゃ……。どう見ても官能小説じゃないか？）

一冊抜き取ってみる。

表紙では、ブラウスの前がはだけて胸の谷間を露わにした眼鏡ＯＬが怯《おび》えた表情を見せていた。

タイトルは『処女ＯＬセフレ化計画』とある。

ぱらぱらとページをめくってみたら、目隠しされたり、バイブで責められたりしているシーンがあって凜太郎は目をぱちくりさせながら、慌てて後ろの春美を振り返った。

春美はすうすうと寝息を立てている。

（まさか、こ、この娘がこんな本を……？）

凜太郎は本をそっと本棚に戻し、鞄から手帳を取り出してメモのページを一枚破いた。

そしてそのメモに、

『鍵は玄関の郵便受けに入れておきます』

と書いてテーブルに置いた。

玄関を出て施錠《せじょう》した凜太郎は、郵便受けの中に彼女の鍵を入れて、慌てて階段を駆けあがっていくのだった。

第二章　ご近所ママの献身看病

1

もやもやしたまま、凜太郎は自宅のベッドで朝を迎えた。

酔った春美に手を出さなかったことは、自分で自分を褒《ほ》めてあげたい。

だが、忘れられないのは春美の本棚の奥に隠してあった官能小説だ。
一、二冊だけではない。
しかも、どれもこれも「凌辱」「処女」「調教」「おねだり」などと卑猥《ひわい》なワードがタイトルに入っているような、バリバリハードなエロ小説である。

その中でも、たまたま手に取った本が、

『処女OLセフレ化計画』

というタイトルで、眼鏡をかけたOLが、ブラウスの前がはだけて胸の谷間を露わにした表紙であり、どうしても春美を連想してしまうイラストだった。

つまり春美は、そういったマゾ嗜好《しこう》を持っているのか……？　ミステリー好きを装《よそお》いながら、実は夜な夜な官能小説を読み漁っているような、とてつもなくドエロい内面を隠し持っている……？

そんな、まさかな。

あんなに地味でおとなしくて、どこからどう見ても真面目そうな春美にそんな一面があるとは思えない。

だけど……。

昨夜の電車の中で見てしまった、恍惚《こうこつ》としたような表情。

あれはやはり痴漢をされて、感じてしまった顔だったのでは……。

などと考えていたら悶々《もんもん》として眠れず、三時間くらいで目覚まし時計に叩き起こされ、どうにもすっきりしない朝を迎えた、というわけである。

（いや別に、彼女にそういう趣味があったっていいじゃないか。誰かに迷惑をかけてる訳じゃないんだから）

もちろん彼女の趣味をどうこう言うつもりはない。

ただ、これから会社で彼女と話をするときは、ちょっと違う目で見てしまいそうだ。

そんなことを考えながら、寝ぼけ眼《まなこ》で凜太郎は〝燃えるゴミ〟を持って部屋を出た。

ゴミ置き場はマンションの一階にある。エレベーターを降りてすぐ右手のドアを開けると、その一番奥にゴミ置き場がある。

（お……）

ゴミ置き場の中に入ると、女性が前屈《まえかが》みになってゴミ袋の口を縛り直していた。

若葉色のプリーツスカートに、うっすらと尻の丸みが浮いていて、凜太郎の目は釘付《くぎづ》けになった。

ウエストは細いのに、その下のムッチリと重たげなヒップは、今にもはちきれんばかりのすさまじい量感である。

（で、でっか……）

小玉春美もスタイルはいいが、それとは明らかに違って、人妻……しかも、子どもを産んだことのある豊満なヒップのいやらしさだ。

朝勃《あさだ》ちしてしまいそうになって、慌てて目をそらす。

そのとき、ふいに女性が立ちあがり、こちらを向いた。

「あっ、おはようございます」

凛太郎も咄嗟《とっさ》に頭を軽く下げる。

「お、おはようございます」

その女性が柔らかく微笑《ほほえ》んだ。

わずかに茶色がかったセミロングのウェーブヘアがよく似合う、可愛らしい雰囲気の美人だった。

形のよいアーモンドアイがぱっちりとして大きく、小動物の目のように黒目がちで、表情がほんわかしている。

（ここの住人か……すごく可愛いじゃないか……）

しかも笑うと目尻が下がって、より親しみやすい雰囲気になる。

二十代半ば？　いや、もう少し上か。

可愛らしいのに、どこか儚《はかな》げな色っぽさがある。

人妻だろうな、きっと……。

（あれ？　いや、ちょっと待てよ。この人、どこかで見かけたことがあるような……）

どこで見かけたんだろう？

社内の人間ではない。こんな可愛らしい人なら覚えているはずだ。

彼女をもう一度見る。

髪留め用の大きめのカチューシャで、髪をまとめているのが可愛らしい顔によく似合っている。ナチュラルメイクもいい。それでも十分に可愛らしいのは元がいいからだろう。

白いカットソーに、若葉色のプリーツスカートという格好もいい。

清楚《せいそ》な雰囲気であるが、胸元も腰つきも、どこか肉感的な脂の乗ったムッチリさがあった。

彼女がゴミを捨てたそのときだ。

「ママーッ」

足下を黄色い帽子を被《かぶ》り、ランドセルを背負った小さな男の子が追い越していく。

その子が何かにつまずいて、前のめりに転びそうになった。

「あッ！」

凜太郎が小さく声を出した瞬間だ。

「大樹《だいき》っ」

その女性が慌ててしゃがんで、その男の子が倒れそうになるのをギュッと受け止めた。

彼女は慌てていたのだろう。

しゃがんだ彼女の膝は開かれていたから、股間を覆うあわいピンク色の布地が、ばっちりと目に飛び込んできた。

（うおおっ！　み、見えたっ）

片膝を立てるような蹲踞《そんきょ》の姿勢を大胆に取っているから、長めのプリーツスカートの中の秘めたる内部がモロ見えになったのだ。

（パ、パンティ……パンモロっ！　ピンクだっ）

学生時代、パンチラは見たことがあるが、こんな大胆なM字開脚をした女性のパンティを生で見たのは初めてだ。

しかも、こんな可愛らしい若いママのパンティである。朝から大興奮だ。

「危ないじゃないの、大樹ったら」

彼女は男の子の頭を撫《な》でてから、めっ、という表情で叱《しか》った。

その間にも、スカートの奥のムッチリした肉感的な太ももや、パンティのクロッチの部分が見えている。

パンティの上部がわずかに透《す》けていて、人妻の普段使いにしては、ちょっと大胆なデザインの下着だった。

よく見ると、クロッチの真ん中がワレ目の形に窪《くぼ》んでいるではないか。

（た、たまらない……）

美人妻が脚を動かせば股布《またぬの》がよじれて下着の中の具まで見えてしまいそうだった。見てはいけないと思っても、どうしても目が離せない。

（す、すごいな……）

可愛いばかりではない。

大人の女性の悩ましい色香が、ムッチリした下半身に宿っている。

「もうすぐ、お友達がお迎えに来るんでしょう？」

彼女が男の子の靴のマジックテープを貼り直そうと前屈みになれば、カットソーの緩い胸元から、白い乳房の谷間と薄いピンクのブラジャーがちらりと見えた。

（ブ、ブラチラ。完全に子どもに気を取られてるよ）

ラッキースケベのダブルパンチで、もうクラクラだ。

社宅って最高だなあ。

というよりも、人妻だからいいのか。

特に地方の人妻は警戒心が薄い。

先ほどのパンチラといい、ブラチラといい、こんなに綺麗《きれい》な奥さんが、いくら子どもに気を取られているとはいえ、外でこんなに無防備なことが信じられない。

子どもが彼女の手をすり抜けて走っていく。彼女がハッとした顔になって、さりげなく両膝を閉じて立ちあがった。凜太郎は視線をすぐに外す。

彼女はちょっと恥ずかしそうな顔で頭を下げ、駆け足で去っていった。

(やばい、見てたの、バレたかも……)

同じマンションなら、これからも顔を合わせるだろう。

これからはガン見しないように気をつけようと反省しながら一階のエレベーターホールに戻ると、ちょうど上階から降りてきた春美と出くわして、ギョッとなってしまった。

「お、おはよう。早いね」

「ちょっと今日は早めに出社して、もう一度備品の数を確認しようと思って。それより昨晩はすみません。ご迷惑おかけしてしまって」

彼女が申し訳なさそうにしていたので、凛太郎はホッとした。

部屋に入ったことを咎《とが》められるかと思ったのだ。

「大丈夫だったかい？　いや、部屋にあがるのはどうかとは思ったんだけど、あのままにしておけなくて……」

春美が心配そうな顔をした。

「あの……私、ひどいことしませんでしたか？」

「え？　昨日のこと、覚えてないの？」

啞然《あぜん》としていると、春美は不安げな顔で訊いてきた。

「あの……原島課長をひっぱたいたりとか」

とんでもないことを言われて驚いた。

「ま、まさかっ。いやいや、そんなこと、してないよ」

「じゃあ、お店のお客さんに喧嘩《けんか》をふっかけたりとか……」

「……酔うと、そうなるのかい？」

「いや、そういう訳じゃないんですけど。ああ、よかった」

春美がホッと胸を撫で下ろす。

本棚の奥に隠してあった官能小説『処女ＯＬセフレ化計画』……あの本を思い

出すと、春美の顔をまともに見られなくなる。

それにしても、昨晩は本当に何もしなくてよかった。

2

翌日のこと。

会社に行こうとしていると、真上の部屋がなにやら騒がしくて気になった。

(昨日の夜もうるさかったなあ)

実のところ、引っ越してきたその日から、ずっと上階がうるさかったのだ。

子どもの足音だろうか、走りまわったり飛び跳ねたり、何か物を落としたりしたような音が、夜中でも響く日が続いている。

もしかしたら自分が気にしすぎなのかもしれないが、夜の十二時前後の深夜の物音は、さすがにどうかと思う。

出社したら、ちょうど総務課の木村課長を見かけたので、彼が喫煙ルームに行くのをつかまえて、上階の物音のことを切り出した。

マンションを管理している不動産屋とは別に、あの物件は社宅として会社が借り上げているから、何かあれば総務課に連絡することになっている。単身赴任にあたって、あの部屋を用意してくれたのが、この木村だ。

「ええっと、原島さんは四階やったっけ？」

煙草《たばこ》に火をつけて、木村がうまそうに煙を吐き出した。

「いや五階です。家族用の２ＬＤＫに」

「ああ、そうやった。ということは、上は六階か。じゃあ一般の賃貸入居者だなあ」

木村は顔をしかめ、ぽっこり出ている腹をさすってから、スマホを取り出した。

「原島さん、何号室やったかな」

「５０３」

「というと、上は６０３か。ええっと……ああ、個人情報だからあんまり言えんけど、６０３は子どもふたりと母親の三人暮らしやね。三十代のシングルマザーで子どもは小学校一年生と幼稚園児」

言えないと言いつつ、だいぶ個人情報を教えてくれた。大丈夫なのか？

「シングルマザーですか」

「そう。ふたりいる子どもは両方とも男の子」

凜太郎にも子どもがいるから、子育ての苦労は容易に想像がつく。年の近い男の子がふたりとなると、毎日が戦争みたいな騒がしさだろう。それを聞いたら、ちょっと気の毒になった。

「男の子ふたりかあ」

凜太郎が深々とため息をつくと、木村が乗ってきた。

「そうそう。ウチも男の子だもんで、大変なのはよーけ、わかるわなあ」

そう言って、揉め事にならないよう取《と》り成《な》そうとしているのが、ありありと表情に出ている。

「大変なのはわかるんですけど、深夜だけでも静かにしてもらえたら」

「不動産屋から、やんわりと言ってもらうわ」

「お願いします。真下の住人からとは伝えずに、それとなく……」

「わかっとるって」

と返事をしてから、木村が訊いてきた。

「そういや、ウチの小玉くんが世話になったみたいで……」

二本目の煙草に火をつけながら木村がそんなことを言い出したものだから、ギクッとした。

「えっ？　どうして……」

「ふたりだけで飲んどるところを見たやつがおるんやて」

「ああ、一昨日なんですけど、相談事をされたもんですから」

「何の相談？」

「木村課長も聞いてると思うんですけど、ほら、会社の備品がなくなるってやつですよ」

「あー、あれか……」

木村が思い出したように返事した。

「数え間違いかなんかやろ。あんなもの、誰も気にしとりゃせんがな。それよりなんで転勤してきたばかりのあんたに相談するんやろ」

「転勤してきたばかりだから、盗難の犯人ではないだろうと言ってましたが」

木村が顔をしかめる。

「盗難って、大げさな。それよりあの娘、あんたがタイプなのかもな……」

無理矢理に恋愛話にすり替えられそうな気がして、凜太郎は慌てた。

この調子だと「不倫してる」などという誤解が支社内に広まりかねない。

「違いますって。ホントにその件の相談だけで」

「あの娘、真面目やから、弄《もてあそ》ばんようにな」

普段の様子は真面目でも、プライベートでは官能小説を読んでるんだよなあ……一瞬、そのことが頭をよぎった。それに眼鏡を取った顔は愛らしい。

「だから何にも関係ないですって。むしろ俺の好みは坂戸さんのようなキレイ系だし」

「坂戸？」

「あ、いや」

ついうっかり部下の名前を出してしまい凜太郎は焦《あせ》った。これはこれで誤解を招きそうな発言だと思ったら、

「あれはやめといた方がええぞ」

急に木村の口ぶりが変わったような気がしたが、別の部署の人間たちが喫煙ルームに入ってきたので、木村は煙草を捨て、

「そろそろ行こまい。不動産屋には言うとくでな」

と言って、足早にオフィスに戻っていった。

3

その日の夜。

凜太郎は缶ビールを飲みながら、パソコンでフリマサイトをチェックしていた。

昼間、春美と社内で作戦会議をした際に、ボールペンがケースごと、電卓も盗まれるので、

「転売目的かもしれないな」

と口にした凜太郎の思いつきに春美も「なるほど」と納得したので、盗まれた備品がフリマサイトに出品されていないかチェックしているのだ。

ちなみに備品のロッカーの鍵は、あえて管理を厳重にせず、犯人を泳がせることにした。

そんな勝手なことをしてもいいのかと、軽い後ろめたさは感じたものの、どうせ総務課長の木村は聞く耳を持たないので「まあいいか」と同意したのだ。

さらに会社に内緒で、防犯用の小型カメラをロッカーが見える位置にこっそり仕掛けておいた。

簡単にカメラを設置できるのは、防犯設備メーカーならではである。

凜太郎もカメラの扱いには慣れているので、見つかりにくいところに仕掛けた自信はある。盗撮になってしまうが、事情が事情だけに目をつむることにしたのだ。

そんなわけで犯人捜しが始まったわけだが、今のところ、備品がフリマサイトに出品されている形跡は見当たらない。

(転売目的じゃないのかなあ……)

そんなことを考えながらネットサーフィンをしていたら、ついついエッチなサイトを見てしまい、ムラムラして抜こうかと考えていたときだ。

真上から、ドンドンという音が響いてきた。思わず時計を見る。

(おいおい、もう十二時近くだぞ)

普段は夜も物音がするが、それでも十時を過ぎれば静かになる。

だが今夜はこの時間になっても騒がしい。ドンドン、ドドドドッ、と部屋の中を走りまわる足音だ。

(木村課長、不動産屋に言ってくれたんじゃなかったのかよ……)

直接文句を言うと、住民同士でギクシャクしかねない。ここはガマンして来週また訴えようと思ったのだが、三十分を経過しても寝静まる様子がない。もう我慢できないと思い、デニムを穿《は》いてダウンジャケットを羽織り、上の階に行ってみた。

６０３の部屋番号のところに「吉沢《よしざわ》」という表札があった。部屋の前に小さな自転車が二台置いてある。

ドアチャイムを押すと、インターフォン越しに、

「はい」

不審がる声が聞こえた。

凜太郎はインターフォンに顔を近づける。

「あの……夜分遅くにすみません。真下の５０３号室の者なんですが」

「あっ、すみません！　すぐ出ますので」

すぐ応対に出ようとするところをみると、物音で迷惑をかけている自覚はあったようだ。

ガチャッと音がしてドアが開いた。

「申し訳ありません。こんな夜中に……子どもがうるさかったですよね。本当にごめんなさい」

平謝りする女性の顔を見て「あっ」と思った。

昨日の朝、ゴミ置き場でブラチラとパンチラの同時多発ラッキースケベをプレゼントしてくれた若くて可愛らしいママさんだったのだ。

(二児の母のシングルマザーって彼女のことだったのか)

まだ風呂あがりの髪が乾ききってなくて、さらにノーメイクのすっぴんだった。だが驚くことに、すっぴんでもその可愛らしさはまったく見劣りしない。

(これで三十代？　ウソだろ……)

大きな目がくりっとしていて、上目遣《うわめづか》いに見つめられると、ドキドキしてしまう。

加えて風呂あがりの石けんやシャンプーらしい甘い香りが漂《ただよ》ってきて、なんだか妙な気分になってきた。

「い、いや、その……まあ、ちょっと気になるかなあって……」

すっかり勢いが削《そ》がれてしまった。

目を合わせると照れてしまうので、ほんのちょっと目線を下げたら、思わぬものが目に飛び込んできて、凜太郎の視線は釘付けになった。

彼女は薄手のパーカーを着ていたのだが、甘美《かんび》な胸のふくらみの頂《いただき》に、小さなポッチが浮いているではないか。

（えっ、これ……乳首だよな、この人……今、ノーブラなんじゃ……？）

間違いない。

乳頭部の位置がはっきりわかる。

おそらく風呂あがりの身体が外気に触れて乳首が硬くなったのだろう。

「すみません、ホントに。子どもたちに言いきかせますので」

彼女はそんな邪《よこしま》な視線に気づかず、ただただ平謝りだ。

「いえその……開放的でも大丈夫ですから。ははは」

「え？　開放的？」

「あ、いや……ほら、子どもですから、走りまわるのは仕方ないし」

パーカーの下の開放的なおっぱいに意識を奪われつつ会話を続ける。

（やっぱりどこかで見たことがあるんだよなあ……）

話しながら記憶を辿《たど》っているうちに、ようやく気がついた。

「あれ？　もしかして……一階のコンビニで……」

「あ、はい。ずっと働いてます。何度かいらっしゃいましたよね」

彼女はニッコリと笑って言った。

そうか。

レジに立っているときはしっかりメイクをしているから気づかなかった。レジに可愛い子がいるなあと思っていたが、まさか三十代のシングルマザーだったとは。

「そ、そうでしたか。いやー、大変ですね……。それで、あの……遅い時間だけでもちょっとだけ気をつけてもらえれば、それでいいですから、ホントに」

強く言えないのは、視線がどうしても彼女の乳頭部に吸い寄せられてしまうからだ。

ブラジャーをしないで人前に出てくるなんて。

いくらなんでも無警戒すぎるだろうと思いつつ、ブラで押さえつけていないから、胸の揺れ方が生々しい。

しかもだ。

パーカーの布地にこすれるせいだろう。

胸のポッチがくっきりと浮いて見えて、ますます目のやり場に困ってしまう。

「ホントにすみませんでした」

彼女が深々と頭を下げた。

一瞬、パーカーの襟ぐりから、チラリと胸の谷間が覗けた。

カアッと全身が熱くなる。

「い、いえ。いえいえ、本当にお互い様ですから」

と言いつつも、頭の中は可愛いシングルマザーのおっぱいでいっぱいだった。

このまま会話を続けていたら、ノーブラおっぱいをガン見していることがバレてしまう。

「そ、それじゃ。その……これで、おやすみなさい。深夜に失礼いたしました」

凜太郎はそう言って踵《きびす》を返し、急いで階段を降りていく。

(童貞じゃないんだぞ。何を慌ててるんだ)

とはいうものの、すっかり夜がご無沙汰の中年男には刺激が強すぎた。

これから毎日、買い物は一階のコンビニ一択《いったく》にしようと決めた。

4

何度かコンビニの店内やマンション内で若くて可愛いママさんの彼女と顔を合わせるたび、世間話やプライベートな話をするようになった。

凜太郎にも子どもがいるから、子育ての話に花が咲いたのだ。

子どもの足音のことがあるから、ずっとこちらに気を遣《つか》っていた彼女も、

「ふたりとも小さい男の子だから、世話がホントに大変で……。お風呂とか全然入ろうとしないで走りまわってばかりだし……」

と愚痴《ぐち》交じりに子育ての苦労を、凜太郎の前でこぼすようになった。

彼女の名前は吉沢瑛子《えいこ》。

年齢は三十二歳。

なぜ年齢まで知ることになったかというと、凜太郎が若い頃に結婚して、子どもが生まれたという話をした流れで、三歳年下だとわかったのだ。

「小学校の高学年くらいになると、今まで親にべったりだったのに、ウチの娘が急にウザがるようになって」

凜太郎がそんな経験を話せば、

「あら、可哀想。ウチもそうなるのかしら」

「男の子は大丈夫ですよ、きっと。お母さんを守るんだって、頼りがいが出てくるんじゃないかな」

「今はまったく頼りにならないですけどね。ちょっとぶつけて血が出たくらいで、この世の終わりみたいな顔で泣き出すんだもの」

瑛子も子育てエピソードを笑いながら話してくれる。

社宅にひとり暮らしは寂しいと思っていたが、地味で内気ながらもおっぱいの大きい若い女の子や、可愛らしいシングルマザーとお近づきになれたので、単身赴任も悪くないなあと思いはじめていたときだった。

その日は目を覚ましたときから身体が重く、唾を呑み込むのも痛いくらい喉が腫《は》れてしまっていた。

体温計で熱を測ってみると、三十七度五分。

そこまで高熱ではないものの、身体の節々《ふしぶし》が痛むので、ちょっと横になって様子を見ようと会社を休んで布団に潜《もぐ》っていた。

（こういうときにひとりぼっちは、心細いなあ）

妻がいれば「うつさないでよ」などと嫌味《いやみ》を言いながらも、看病だけはしてくれる。

実はちょっと春美に見舞いの期待をしていたのだが、彼女は昨日から親の具合が悪いからと、静岡の実家に帰省していた。

（まいったな……）

動きたくないけど、薬や飲み物を買いに行かねばならない。

なんとかベッドから起きて、適当な服を着込み、マスクをして部屋を出た。無精髭《ぶしょうひげ》で髪もボサボサなので瑛子に会いたくなかったが、他のコンビニまで歩く気力もなかったので一階のコンビニに入り、市販の風邪薬とのど飴、スポーツドリンクとゼリーを持ってレジに並んだ。

いつものようにコンビニの制服を着た瑛子がレジにいて、マスク姿の凜太郎を見るなり、心配そうに声をかけてきた。

「風邪ですか？　すごく顔色が悪そう。お熱は？」

「熱はちょっとだけ。喉が痛いかな。たいしたことないから寝てれば治ると思います」

「でもお医者さんに行かれた方が……ご飯とかどうしてるんですか？」

「食欲がないから、朝から何も食べてなくて……少しして食欲が出たら、また買いに来ます」

「何度も出歩くのは大変よ。何かつくって持っていきましょうか？」

瑛子が心配そうな目を向けてくる。

凜太郎は「いいんですか？」と言いそうになって、慌てて口をつぐんだ。

「いや、そんな。ご迷惑でしょうし、ホントに大丈夫ですから……」

本当は来てほしかったが「お願いします」というのも厚かましすぎて気が引けた。

「そうですか？　本当にお大事になさってくださいね」

瑛子はあっさりそう口にして、慣れた手つきで凛太郎の買った物をレジ袋の中に詰めていく。

凛太郎はちょっと口を尖《とが》らせた。

（なんだよ、もうちょっとこう……行く、行かないで押し問答してほしかったなあ）

拍子抜けしたが、それもまあ期待しすぎだろう。

仲がいいとはいえ、マンション内の顔見知りの住人同士に過ぎないのだ。

コンビニを出て、重たい身体を引きずるようにして部屋に戻る。薬を飲んでおとなしく寝ることにした。

だが夜になって、徐々に寒気がしてきて息苦しくなった。

（もしかして、ただの風邪じゃないんじゃないか……こんなに寒気がするの、初めてかもしれない……）

ひとりで寝ていると、不安で押しつぶされそうだ。

（瑛子さん、看病に来てほしかったなあ……）

目をつむって妄想する。

瑛子が「栄養つけてくださいね」とおかゆをつくって持ってきてくれる。

しかもだ。

初めて会話を交わしたあの晩のように、無警戒なノーブラのパーカー姿で……。

《あらあら、ここが一番熱を持ってるみたい……そうよね。おひとりでずっと寂しかったんだもんね。私でよかったら、この熱冷ましをしてあげましょうか。すっきりすると治りも早くなると思うから》

いやいや、アホか。

あんなに可愛いシングルマザーが、凜太郎のような年上のオジサンの面倒なんか見てくれるわけがない。

（このままひどくなるようだったら、明日の朝イチで医者に診てもらおう）

いやらしい妄想をしたせいで、どうも悶々《もんもん》とする。身体の熱とはまた違う種類の熱が股間にこもっていた。ジクジクと疼《うず》いて幹《みき》が硬くなる。

しかし抜く気力など残っていないから、ほうっておくしかない。

ただただ横になって、うとうとしていたときだ。

インターフォンが鳴って、凜太郎は目を覚ました。

（八時か……、こんな時間に誰だろ？）

枕元のスマホを見て首をかしげる。

新聞の勧誘なんかだったら有無を言わさず追い返そう。

なんとか立ちあがって、インターフォンの画面を見たら、部屋の前にマスク姿の瑛子が立っているではないか！

慌てて通話のボタンを押す。

「あ、は、はい」

瑛子が、インターフォンに顔を近づける。

「あの……お節介だと思ったんですけど、おかゆをつくってきたので、よかったら……」

「ああ、ありがとうございます」

人の優しさに触れて、涙が出そうになる。

（まさか俺のためにおかゆをつくってきてくれるなんて）

遠くの身内より、近くの他人である。

凜太郎は洗面所で鏡を見て、軽く頭髪を整える。無精髭はもう、どうしようもない。病人なんだから、仕方がない。

玄関に行こうとして、股間のふくらみに気がついた。すぐにジャージの上からポジションチェンジをしてみるが、どうにもふくらみが目立ってしまう。鎮まれと念じるほど意識するから、なおさら充血して硬さが増してしまう。

仕方がないので凜太郎は少し前屈みの不自然な格好でドアを開けた。

ダウンを羽織《はお》った瑛子が、心配そうな顔を見せる。

「ごめんなさい。勝手につくってきて……えっ？　そんなに具合が悪かったんですか？」

瑛子が目を丸くして、こちらを見た。

不自然な前屈みでいるせいで、どうやら誤解されたようだ。

「い、いや、大丈夫ですから」

「大丈夫じゃないでしょう？　そんなにつらそうだったなんて……立っているのもやっとなのね。早くお布団に横になって」

瑛子が玄関のあがり口に鍋を置いて、クロックスを脱いであがってきた。

「ホントに大丈夫ですから」

焦って言うも、不自然な前屈みのままだから説得力がない。

（ち、違うんです！　ただ、勃起《ぼっき》してるだけなんですっ！）

そんなこと、口が裂けても言えない。

凜太郎の心の声とは裏腹に、瑛子が身体を寄せてきて両肩を支えてくれた。

「私、結婚する前は看護師だったんです。だから、気にしないでください。看病をするのは慣れてますから」

身体を寄せられると甘い香りがした。

風邪を引いて嗅覚が鈍《にぶ》っているはずなのに、女性の甘い香りが股間をくすぐってくる。

春美が若くて爽《さわ》やかな柑橘《かんきつ》系なのに対し、瑛子は匂い立つようなムンムンとした濃厚なフェロモンだ。さすがは三十路《みそじ》を過ぎた元人妻。同じ可愛いタイプでも、色っぽさで言ったら瑛子に軍配があがる。

「さ、ゆっくり歩いて」

瑛子が肩を貸してくれた。

当然ながら、おっぱいが脇腹に当たる。

さすがにノーブラではないようだが、ブラ越しにも女性らしい充実したバストのふくらみが感じられて、ますます股間がギンギンになっていく。

緊張なのか風邪のせいなのか、よくわからない汗も出てきてしまう。

「すごく身体が熱いわ。それにこんなに汗をかいて……」

彼女が心配そうに見つめてくる。申し訳なくなってきた。

（いや、そこまで体調が悪いわけじゃなくて、勃起してるのと、おっぱいの感触がただただ気持ちよくて……）

などと言えるわけがないから、もう股間だけは見られまいと必死だ。

寝室のドアを開け、ベッドのところまで行って、凜太郎はすぐに布団の中に潜り込んだ。

「つらかったのね、ごめんなさい。そんなときにお邪魔してしまって」

彼女が申し訳なさそうに言う。

凜太郎は布団から顔を出して、首を横に振った。

「そんなことないですよ。ホントにひとりぼっちで心細くて。瑛子さんが来てくれてすごくうれしくて……」

「ならよかったわ」

彼女は一旦寝室を出てから、玄関に置いたままだったおかゆの小さな土鍋を持ってきた。

「食欲が出たら、あとであっためて食べてくださいね」

瑛子が寝室のサイドテーブルに土鍋を置いた。お米の優しいいい匂いが漂ってくる。そこまで体調は悪くないから食べたいのだが、まだ股間が硬いままだから、布団からは出られない。

「お熱は？」

瑛子が額《ひたい》に手を当ててくれた。

ひんやりした細い手が、熱を持った額に心地よい。

「朝、測ったきりで、そのときは七度五分でした」

「夜も測らないと。体温計は、あっ、これね。はい。ちゃんと腋《わき》に挟んでじっとしていてね」

さすがは元看護師だ。

手際がいいし、何より安心できる。

ダウンジャケットを脱いだ瑛子が体温計を渡すときに前屈みになったので、また胸の谷間がカットソーの襟ぐりから覗けた。ブラもちょっとだけ見えた。今日は清楚な薄ピンクだ。

（やばい、また違う熱が出てしまいそうだ）

ピピピッと体温計が鳴ったので、取り出して見る。

八度二分。

まさか本当にいやらしい熱が出たわけではないだろうが、やはり朝より体温はあがっていた。

「どうでした？」

訊かれて体温計を渡すと、

「やっぱり高くなってるわ。汗をかいて少し熱を出した方がいいわね。着替えましょうか。お風呂も入ってないんでしょう？」

と瑛子が言った。

やばい、と凜太郎は慌てた。

「いやいやいや、そこまでしてもらわなくても」

「遠慮しないで。慣れない土地での単身赴任で心細いでしょ？　お互い様よ」

面倒見がいいのはうれしいが、股間の面倒までは見てもらえないだろう。

「いやホントに、そこまでしてもらわなくても……」

上半身だけ起こそうとしたら、くらくらした。どうやら興奮してしまったことで本当に目がまわりはじめたらしい。

「どうぞ寝てて。タオル、借りてもいいかしら」

瑛子が腕まくりをした。

そこまでやる気になっているなら、断るのも失礼だ。

「すみません……タオルは脱衣場の上の棚に重ねてありますから」

瑛子が部屋から出ていく。

(いいお母さんだなあ)

可愛らしくて優しくて明るくて世話好きだ。

(どうしてシングルマザーなんだろ。こんな可愛らしくて性格のいい人が……)

瑛子が戻ってきた。

「タオルと、お風呂場にあった洗面器も借りました」

手には水の入った洗面器があった。いや、湯気が出ているからお湯か。

「まず身体を拭きましょうか」

「ええっ⁉」

タオルを借りると言ったとき、なんでタオルなんか必要なんだろうと思ったが、そういうことか。

瑛子は元看護師なので慣れているのだろう、「身体を拭いてあげる」なんてさらりと言うが、いきなり瑛子の前で裸になるのは恥ずかしい。

「そこまでは……置いといてくれれば、あとは自分でやりますから」

「遠慮しないの。お風呂に入ってないんでしょう？　身体を拭いたらすっきりするわよ」

タオルを固く絞った瑛子が、凜太郎の布団を剝《は》いだ。

「あ、ちょっと」

身体を丸めたが遅かった。

まだ勃起している。半勃《はんだ》ちくらいだ。

瑛子が一瞬、下半身を見たように思ったが、その表情は変わらない。

「はい、バンザイして」

無視してくれるなら、それでいい。

おとなしく両手を上げると、彼女が手際よく着ていた長袖のTシャツをまくりあげて、そのまま頭から脱がされた。

目の前に、マスクをした瑛子の顔がある。

（しかし、可愛いよなあ）

ぱっちりとした目に、クリッとした黒目がちの瞳。

茶色がかったウェーブヘアに、丸い小顔。

おそらく若い頃からかなりモテていただろう。それに加えて年相応の色香まで漂ってくるのだからたまらない。

「拭きますね」

「は、はい」

彼女がベッドの横で膝立ちになり、首筋から胸のあたりを拭いてくれた。

(ああ、さすがは慣れている)

腕を持たれ、二の腕を拭かれたところで、さらに腋窩《えきか》に手を入れられた。

「ひゃっ」

思わず身体をすくめると瑛子がクスクスッと可愛らしく笑った。

「くすぐったかった?」

「え、ええ……まあ……」

「ウフフ。でも気持ちいいでしょう?　ずっと身体を洗えてなかったんだから」

「は、はい」

頷《うなず》くと、瑛子は目に慈愛に満ちた笑みを浮かべて、耳の後ろなど気になるような部分も拭いてくれた。

(確かに気持ちいいな)

身体を拭かれている間、目のやり場に困るが、カットソー越しの胸の丸みや襟ぐりからブラと白い胸の谷間が覗けるので、もったいなくて目をつむれない。

(可愛いけどエロい……童顔で細い感じなのに、わりとグラマーで、そのアンバランスさが、たまらなくいやらしい)

ムチムチさ加減や、バストの迫力なら春美だろう。

しかし細身でグラマーという瑛子のボディも素晴らしい。

うつ伏せになるように言われ、背中を拭かれているときだ。

「こんなとき、奥様がいなくて心細いでしょ。原島さんは結婚して何年ですか?」

身体を拭きながら瑛子が言う。

「えーと、もう十二年かな」

「そんなに結婚生活が長かったら、単身赴任は寂しいわよね」

瑛子の声がにわかに寂しそうになった。これは、何か聞いて欲しいのかなと、ふいに思った。

「あの……失礼ですが、瑛子さんはどうして、その……シングルに?」

瑛子の手が一瞬だけ止まった。

プライベートに踏み込み過ぎたかなと思ったが、瑛子は静かに語り出した。

「夫が、浮気したんです。夫がその……夜のお店の女の子と……。私が子育てで頑張っていた時期に……」

「そ、そうだったんですか……」

その理由に驚いた。

というのも、もし離婚だとしたら、性格の不一致とか金銭的な理由が原因だと想像していたからだ。

(こんな可愛い奥さんがいながら、浮気する男なんているのか？)

啞然としていると、瑛子は大きくため息をついた。

「私、子どもの世話ばっかりで、夫を放ったらかしにしていたんだと思うんです。だから夫はそういうお店に行って……」

「いや、それは違いますよ」

凜太郎はきっぱりと言った。

「子どもに手いっぱいなのは当然です。ウチだってそうでしたから。それを助けようともしないで、遊びに行く旦那さんの方に問題がありますよ。瑛子さんは何も悪くないです」

肩越しに振り向くと、瑛子はうっすらと泣き笑いの顔をしたのがわかった。

「ありがとう。なんか、原島さんに話したらすっきりしたわ。こんなこと、誰にも話せなかったから」

ウフフと微笑んだ目には、ふっきれたような清々《すがすが》しさがあった。

いろいろひとりで抱え込んでいたのだろう。

「よかったです。俺でよかったら、いつでも話を聞きますから」

「うれしいわ、ありがとう。じゃあ、次は下を拭くわね」

「えっ、下⁉」

ギョッとして凜太郎は目を見開いた。

瑛子は目に、元看護師らしい優しい笑みを浮かべている。

「大丈夫ですよ。慣れてるって言ったでしょ？　仰向けになって」

瑛子はタオルを洗面器の湯に浸けてから、躊躇《ちゅうちょ》することなく凜太郎のジャージの下を脱がしにかかった。

「はい、ちょっと腰を浮かせてね」

優しく言われると、もう彼女にすべて委《ゆだ》ねたくなってしまう。確かに瑛子は慣れているようで、恥ずかしがるような素振《そぶ》りは一切見せない。

ジャージを脱がされ、凜太郎はパンツ一枚の格好にされた。股間の部分はやっと鎮まってきていたのでホッとした。

だが、パンツ一丁の状態で足を丁寧《ていねい》に拭いてもらっていると、なんだか風俗にでも来たような気分だ。腰のあたりがムズムズしてくる。

ゴミ置き場で見た瑛子のパンティや胸の谷間、むちっとした腰つきに悩ましい太もものラインまでもが、くっきりとした映像として蘇ってきた。

温かいタオルで身体を拭いてもらっている気持ちよさに目を閉じていると、瑛子がパンツに手を掛けて、するりと脱がしてきた。

「えっ⁉　ちょっ！」

さすがに慌てて、両手で股間を隠す。

瑛子は凜太郎の爪先《つまさき》からパンツを抜き取ると、

「いいのよ、隠さなくても。ここが一番汚れているでしょう？　キレイにしておかないと」

さすがは元看護師。男の陰茎《いんけい》を見ても平然としている。

だが、一度は萎《な》えていたはずのペニスは、瑛子に足を拭かれた心地よさで、ムクムクと硬くなり怒張《どちょう》を漲《みなぎ》らせている。

両の手でも完璧に隠せないほどの充血ぶりだ。

それをちらりと見た瑛子の目元が、少し赤らんだように見えた。

男性の陰部には慣れているものの、性的に欲情した男性器を見るのは久しぶりなのだろう。

目の下をねっとりと赤く染めて恥じらっているのがわかる。

瑛子がタオルを絞り、いよいよ凜太郎の下半身を拭きはじめた。

(ああ……こんなきわどいところまで、同じマンションに住む美人のシングルマザーに拭いてもらえるなんて)

羞恥心を凌駕《りようが》して、この快感に没入した。

太ももの付け根部分はおろか、お尻の穴まで丹念に拭かれると、ますます陰茎が熱くなっていく。

「あの……」

瑛子がとても小さな声で訊いてきた。

「は、はい……」

「ここ…つらいのかしら……ずっと……」

「えっ⁉　あ、あの、いや……その……つらいというか……」

瑛子に尋ねられて、凜太郎はドギマギした。

「すみません……その……どうしても……こうなってしまうんです」

「私が身体を拭いたから……よね？」

瑛子が優しく問うてくる。おそらく、こういったことは看護師時代にもあったのではないか。

「それは……」

「ここが一番熱を持ってるわ……冷ましてあげないと……きっとつらくて眠れないわよね」

瑛子が言いながら勃起を隠していた凜太郎の手を股間から外し、タオルではなく直に肉竿《にくざお》に触れてきたので、凜太郎の身体がビクンッと反応してしまった。

「えっ……ええ？　あ、あの……」

戸惑っていると、彼女は目元を真っ赤にして、小さく首を横に振った。

「あの……何も考えず、じっとしていてね。大きくなって、すごく困っているのがわかるから……」

瑛子が耳をくすぐるようなささやき声で言う。

「えっ……でも……」

「何も言わないで。私がしてあげたいの……あの……いやじゃないわよね、私がしても……」

そこで瑛子は一旦言葉を切って、恥じらいながら肉竿にほっそりした指をからめてきた。

「だって、私のこと……ちょっとエッチな目で見てたでしょ？　ゴミ出しのとき、胸の谷間とかスカートの中とか」

悩ましげな目で見つめられる。

顔が強張《こわば》り、汗がどっと噴き出した。

「いいのよ。だって私……そういう風に見られたの、久しぶりだったし……あの日の朝も私、わかってて、わざと……」

「えっ⁉　え、瑛子さん？」

彼女が期待と羞恥の入り交じった、何ともいやらしい目をして肉茎《にくけい》をゆったりとシゴいてきた。さらにはベッドにあがって、添い寝のようにぴたりと身体を寄せてくる。

「ああ……え、瑛子さんっ」

凜太郎は大いに戸惑った。

(ウ、ウソだろ……こんな美人のシングルマザーが……ギンギンになった俺のモノを……)

しかもだ。

瑛子は言いかけて途中でやめたが、

《あの日の朝も私、わかってて、わざと……》

というのは、凜太郎のいやらしい視線に気づいていて、わざと見せてくれたということではないのか?

(マジか。こんな優しくて可愛らしいママさんが……子どもがいる前で、そんないやらしいことをしてきたなんて)

興奮でますますいきり勃《た》つ。

すると寄り添っていた瑛子がウフフと微笑んできた。

「あんっ、もう……ビクビクしてるわ……。敏感なのね」

長い睫毛《まつげ》を瞬《しばたた》かせながら、いよいよ切っ先の方まで手を伸ばしてゆるゆるとシゴいてきた。

「あぁっ……」

呼吸が乱れ、熱がさらにあがっていく。

不快な熱ではない。快楽の熱だ。

たまらなくなって凛太郎はハアハアと喘《あえ》ぎをこぼし、シーツをギュッとつかんだ。

「ウフフ。ずっとここが熱くてつらかったんでしょう？　もうガマンしなくていいのよ」

アイドルのような大きな目が潤《うる》みきり、優しい言葉が癒《い》やしとなって、凛太郎の興奮をさらに煽《あお》り立てる。

(可愛くていやらしい……こんな美人に手コキされている！)

ただ握って、シゴくだけではない。

硬さや大きさを測るように、指先が優しく表皮をこすってくる。ますます凛太郎の呼気が荒くなる。

その様子を見て、瑛子はまた耳元でささやいた。

「あん……すごく熱い……ねえ、気持ちいい？　痛くない？」

「き、気持ちいいです」

「いいのね。よかった。あっ、ホントだわ。先っぽからオツユが……すごくヌルヌルしてきた……」

下を見れば、鈴口《すずぐち》から透明なガマン汁があふれ出して、瑛子の指先を汚している。

「ああっ、ご、ごめんなさい」

「やだ。どうして謝るの？　もっとしてほしいってことでしょう？」

瑛子は身体を重ねるようにしながら、先っぽを指でくすぐってきた。

「おうっ……」

甘い匂いと、おっぱいや太ももの柔らかな感触。さらには指先が敏感な部分をとらえて、凜太郎は身悶《みもだ》えた。

瑛子が目を細める。

「ウフッ……いやらしい。腰がヒクヒクしてるわ」

イタズラっぽく言って、瑛子はさらに凜太郎の尿道口に指先をあてがい、円を描くようにいじってくる。

「く、くうう……」

敏感な部分に触れられて、凜太郎は悶えてしまう。

さらに瑛子はヌルヌルしたカウパー液を亀頭部分に塗《ぬ》り込んできた。ローションのように滑《すべ》りをよくするためだろう。

彼女の右手が手筒《てづつ》となってスライドすると、カウパー液によって滑りがよくなり、くすぐったさをともなった快感が走り抜ける。

彼女の濡れた手のひらが剥《む》き出《だ》しの亀頭を優しく包み込み、撫でまわされると痛烈な刺激が全身を貫いた。

「う、く……」

凜太郎は首を揺らして喘《あえ》ぐと、

「エッチな声を出してもいいのよ」

と瑛子に耳元でささやかれ、ますます羞恥心が募《つの》る。

声を出すなんて恥ずかしい。しかし、細指で根元から先端までをスライドされると、とろけるような愉悦《ゆえつ》がひとこすりごとにこみあげてきて、無性《むしょう》に声をあげたくなってくる。

ギュッと握りしめてこないところが、なんともいやらしい。

(ああ、これは多分、焦《じ》らされてるんだな……)

もっと思いきり握ってほしくて、凜太郎は腰をそらし、下腹部を瑛子に向けてすり寄せてしまう。

恥ずかしいが、もう興奮が止まらない。

いけないとは思いつつも、瑛子のカットソー越しの背中を撫で、ギュッと抱擁《ほうよう》してしまう。ブラのホックに左手の指先が当たっただけで、さらに興奮した。

5

「ウフッ……」

彼女は大きな目を細め、こちらを見つめてくる。

三十二歳の愛らしいシングルマザーが、自宅の下の階の男の部屋で、いやらしく密着して男性器をこすっている。

猛烈に興奮して、

「ああ……ああん……」

とつい女のような声を漏らしてしまった。

瑛子が目を細め、淫靡《いんび》な笑みを向けてくる。

「んふっ。せつなそうな顔してる……シコシコされて、気持ちいいのね」

甘い息がかかるほど顔を近づけてくる。三十二歳のシングルマザーの美貌が汗できらめき、こめかみはピンク色に染まっていた。

（瑛子さんも……興奮してる……）

身体を拭いてもらったけれど、風呂に入っていないから身体は汗臭いし、ペニスもいやな匂いがしているはずだった。

「すみません。汗臭いですよね」

「ん？　そんなこと気にしなくていいのに」

彼女の目が優しく微笑んだ。キスしそうなほど顔を近づけてくるけれど、マスクをしたままではキスはできない。

その間も、瑛子の手は休まずに勃起をしごいてくる。

凜太郎は目を閉じ、左手を瑛子の豊満な臀部《でんぶ》におろしていった。久しぶりの女体の感触と、手淫《しゅいん》マッサージの心地よさに凜太郎は酔いしれた。

瑛子の昂《たか》ぶったような鼻息を聞いているだけで、ますます気持ちが高揚《こうよう》する。

彼女もいやらしい気持ちになってきたようで、勃起をシゴく手の動きも激しくなって、にちゃ、にちゃ、と音がするほど表皮をシゴいてきた。

「くうう……」

気持ちいい。

自然とヒップを撫でる手にも熱がこもる。

弾力のあるなんともいやらしい熟れた丸みを味わうと、理性が飛ぶほどに興奮して、ついつい下からカットソー越しの乳房を揉みあげてしまった。

「あんっ……」

いきなりすぎたのか、瑛子がビクッとして眉をひそめて見つめてきた。

（やばっ、調子に乗りすぎたかな？）

慌てたものの、しかし、添い寝している瑛子は、その目に淫靡な笑みをたたえて、耳元でささやく。

「凜太郎さんの……エッチ……」

初めて、下の名前を呼ばれて、興奮が脳天を貫いた。

すると彼女は次の瞬間、凜太郎に馬乗りになって、自分のカットソーの裾をつかんで、そのまま、たくしあげた。

（えっ！）

目が釘付けになった。

目の前にいつも妄想していた美人シングルマザーの、ブラジャー姿がある。

白い乳房を包み込んでいるのは薄ピンク色のフルカップだ。

レースのついた可愛らしい下着は、以前に見た普段使いのシンプルなデザインとは違った。

前々から欲望の目で見ていた色っぽい三十二歳のシングルマザーの、なめらかな白い肌、ウエスト、そして思った以上にボリュームのある乳房に凜太郎は鼻息を荒くする。

（なんていやらしい身体つきなんだよ）

グラマーというだけではない。

ムンムンと匂い立つ色香に、凜太郎は唾を呑み込んだ。

マスク越しに、瑛子が笑う。

「ウフフッ。いつも見ていたわよね」

そう言うと、彼女は凜太郎の手を取り、伏し目がちに恥ずかしそうにしながらも、おずおずと自分の乳房へと導いた。

「えっ？　あっ……」

驚きつつも、そのまま乳房をゆったりと揉みしだくと、

「あんっ……」

瑛子から甘い声が漏れて、ドキッとする。

（ああ、感じてる……いや、感じたいんだな……）

凜太郎はさらに夢中になって、両手で瑛子のバストを揉みしだいた。

柔らかくて、しかも指を弾き返すような弾力の揉み心地に陶然《とうぜん》としていると、瑛子はますます肉竿を上下にこする指の動きを速めてくる。

瑛子は人差し指と親指で輪っかをつくり、亀頭のくびれ部分に引っかけて、くいくいと捏《こ》ねるようにまわしこんだ。

「ああ……」

敏感な部分を指でいじられる快楽に、ますます息を荒らげていると、

「ウフフ。凜太郎さんの感じた顔、可愛い……」

マスクをした彼女の顔が近づいてきた。

もう我慢できない。キスがしたい。

「だーめ。ウフッ。私もキスしたいのよ。でも、お風邪がうつると大変だから、ガマンしてるの。でも、その代わりに……」

言いながら、元人妻はイタズラっぽい笑みを漏らして身体をズリ下げていき、凜太郎の足の間に四《よ》つん這《ば》いになり股間に顔を寄せる。

そして恥ずかしそうにマスクを外しながら、口を大きく開けて凜太郎の勃起を上から被《かぶ》せるように咥《くわ》えこんできた。

「えっ！　おお……うっ……ッ」

凛太郎は歯を食いしばった。

（まさかフェラチオまでしてもらえるなんて……！）

敏感になっているカリや竿が、唾液たっぷりのあったかいお口の中に……。

温かな口の潤みにペニスが包まれていく。凛太郎はあまりの甘美な刺激に腰を浮かせて悶えてしまう。

（ウソだろ……ああ、気持ちいい……）

信じられなかった。

上体を起こして見れば、瑛子が四つん這いのまま、セミロングの茶色がかった髪を揺らし、マシュマロのようなぷっくりした唇で亀頭部を咥えこんでいた。

大きく頬張る美人の咥え顔を見ているだけで熱があがってしまう。

そして次の瞬間、ゆったりと瑛子は顔を上下に振りはじめた。

「くぅぅ……」

あまりの刺激に凛太郎はのけぞった。

瑛子は凛太郎に抱きつくようにフェラチオをしているので、ブラ越しの柔らかな双乳が、太ももにこすりつけられる。

（ああ、瑛子さんのおっぱい……）

凜太郎は手を伸ばし、ブラジャーの上部から指をカップの中に滑り込ませた。

「んっ⁉」

びくっと震えた瑛子が、咥えながら上目遣いに見つめてくる。

《いたずらっ子ね》

潤んだ瞳がそんな風に語りかけてきた。

だけど、いやがってはいなかった。

凜太郎はそのままブラカップの中をまさぐり、指先で乳首をとらえて、くりっ、くりっ、と捏《こ》ねた。

「んっ……んっ……」

瑛子は顔を動かすのを止めて、すっと目を閉じた。

乳首が硬くしこってくる。瑛子が目をつむって、乳首をいじられる快感に身を任せていた。

（瑛子さんも愛撫《あいぶ》されたかったんだな）

それならばと、硬くなってきた乳首をつまむと、

「んふっ」

鼻から甘い息を漏らしながら、瑛子がビクッと震えて、ペニスから唇を離してじっとこちらを見た。

「……だめっ、もうっ……したくなっちゃうでしょ……お風邪なのに……」

瑛子が大きな目を濡らし、甘えるように唇を尖《とが》らせる。

「されるばかりだと、何だか申し訳なくて」

「ウフフッ。ウソばっかり。触りたいんでしょ？　お熱があるくせに、そういうことはできるのね」

瑛子が「めっ」と叱るような顔をわざとしてから、また咥えこんできた。

今度は深々と、根元までおしゃぶりされた。

（ああ……俺のチンポが瑛子さんの口の中に呑み込まれていく……）

そしてまた顔を上下に打ち振ってきた。

先ほどとは違って、激しい動きだ。

ねっとりとした口中の粘膜《ねんまく》に陰茎の表皮がこすられて、甘くとろけるような感覚が押し寄せてくる。

「ああ……」

上体を浮かせて下腹部を見た。

ウェーブがかった瑛子の前髪が陰毛や下腹部をさわっ、さわっと撫でている。ふっくらとした元人妻の唇が、唾液で濡れ光る肉棒にからみつきながら、上下に妖しく動いている。

「んん……んん……」

息苦しいのか、甘い息が何度も陰毛にかかり、にちゃ、にちゃ、と唾とガマン汁の音がいやらしく響く。

視線を感じたのか、瑛子が咥えたままこちらを見た。

頬を窪《くぼ》ませて顔を打ち振りながら、頬をバラ色に染めて恥ずかしそうに眉根を寄せている。

（しゃぶりながら……瑛子さん、興奮してる……間違いない）

見れば瑛子の四つん這いの尻が、じりっ、じりっ、と、じれったそうによじれている。

「んんう……んん」

瑛子の鼻息が悩ましいものに変わってきた。

口中では舌がちろちろと動いて、鈴口を舐めまわしている。さらには手で根元をつかみ、ゆったりとしごいてきた。

「うぅ、くううう……」

ひりつくような射精感がこみあげてくる。いや、実は先ほどからガマンしているのだが、もう限界を迎えそうだ。

「んああ……だめだ。出そうです」

訴える。

瑛子は再び、ちゅるっと勃起を口から外し、

「んふ、いいわよ。出したくなったら、好きなときに出して。気にしなくていいから……」

そう言ってまた頬張ってくる。

「えっ……でも……」

躊躇した。

このままでは瑛子の口の中に発射してしまうではないか。

しかし……。

正直言えば、セックスをしたかった。

だがさすがに風邪で体調が悪いのだから、させてはくれないだろう。

（瑛子さんもしたがってるのにな……）

迷っているうちにまた奥まで咥えられた。喉にまで切っ先が届いて、あったかい口腔《こうこう》に包まれる。

そしてぷっくりした唇が激しく滑ってペニスの表皮を刺激してくると、もうだめだった。

「くああ、ああ……」

自然と腰がせりあがり、自分から跳ねあげていた。

腰が震える。

見れば、四つん這いの瑛子のヒップが、よじれるどころではなくて、大きくくねりはじめていた。

（瑛子さん、やっぱりフェラチオして、感じてる……）

このまま押し倒したい衝動に駆られるも、それを瑛子の口淫《こういん》テクが許してはくれなかった。

いよいよ凜太郎を追い込むように、瑛子はフェラに熱を込めてくる。

じゅる、じゅるるる、といやらしい音を立てて、亀頭ごと吸い立ててきたのである。

「うぐっ！　うう」

凜太郎は首に筋を浮かべるほど悶え、シーツを握りしめる。

フェラチオで吸われるのは初めてだった。

しかも吸いながら、右手は根元をしごき、左手はふぐりをやわやわと揉み立ててくる。

凜太郎はもう瑛子の乳首をいじることもできなくなり、手を止めて、瑛子の激しいバキュームフェラに身を委《ゆだ》ねていた。

こんな可愛らしいシングルマザーのフェラテクと、いやらしすぎるおしゃぶり顔と、物欲しそうな腰の揺れ、ピンピンになった乳首……。

もうだめだ。

ガマンできない！

「で、出ますっ。まずいですっ」

このままだと口内射精だと訴えるが、彼女は咥えながらこちらに目を向けてニッコリと柔らかく微笑み、何度も頷いた。

出してもいいんだという安心感が、凜太郎を決壊させた。

「あ……瑛子さん、だめっ……くぅぅ」

足先が震え、身体が伸びあがる。

次の瞬間、ふわっとした放出感が全身を貫いた。

「あああッ……」

激しい射精だった。

身体がとろけていくような快感が全身を包むと同時に、下半身が爆発したような錯覚《さっかく》に陥《おちい》った。

「んんん……」

瑛子が咥えながら、せつなそうに眉をひそめる。

あの青臭くどろっとした精液がかなりの量、瑛子の口に放出されたはずである。

（ああ、出してる……瑛子さんの口の中に……）

やがてすべてを出し尽くし、まどろんでいたときだ。

瑛子はようやく勃起から口を離してこちらを見た。

そして次の瞬間。

ギュッと目をつむり、顔を上向かせてから、コクンと細い喉を鳴らした。

（の……飲んでくれた）

吐き出すとばかり思っていたのに……自分のザーメンを、愛らしいシングルマザーが飲み下した姿を見たとき、至福を感じた。

「ウフッ。これできっと、明日には熱が下がるわ」

まるで母親のように言いながら瑛子は身を寄せてきて、凜太郎の頭を優しく撫でてくれた。

「あ、ありがとうございます」

つい礼を言ったら、瑛子はクスクスと笑った。

「早く治してね。だって、続き……したいから……」

瑛子はそう言い、恥ずかしいのか顔を凜太郎の胸にこすりつけた。

「え？」

それって……セックスってことだよな。

これで終わりじゃないという期待と高揚感で、どうもまた熱があがりそうな気がする。

第三章　弁当屋の人妻をお持ち帰り

1

結局二日だけ会社を休んで、出社した。

席に着くやいなや、背後から次長の岡村に肩を揉《も》まれた。

「おお原島。もうええんか」

「はい。いや、そこまで悪くもなかったので、熱もあがりませんでしたし」

本当はあがった。

瑛子から、信じられないほどの淫靡な介護を受けたあと、一夜明けた昨日の夕方まで三十八度の熱が下がらなかったのだ。

まあそれは緊張と興奮の淫熱《いんねつ》だったのかもしれないが。

それにしてもこの次長、顔はいかついけれど、優しいところがあるんだなと思っていたら、

「なら、麻雀ぐらいできるな」

とあっさり言われ、こっちは病《や》みあがりだというのに、雀荘《じゃんそう》に行くことになってしまった。

先日も誘いを断っている。何度も断ると「東京モンはつき合いが悪い」と言われかねないから、仕方なしである。

定時にメンバー四人で退社した。会社近くのしなびた雀荘が行きつけらしく、岡村が入ったら、カウンターに気だるそうに座っていた初老の女が、

「なんね、また来た？　暇《ひま》なんか」

とぶつぶつ言いつつ、四人が座った奥の雀卓におしぼりとお茶を持ってきた。八つある雀卓のうち三つが埋まっている。サラリーマンと高齢のおじさんたちが卓を囲んでいた。

フロアは古く、煙草とかびの臭いがしみ付いている。

「今日は徹夜麻雀《テツマン》にはせんで、安心しろ」

岡村が、あははと笑った。

病みあがりじゃなかったら、徹マンの可能性もあったのかとゾッとした。

岡村の他には、一番若い岩下と、経理課の及川《おいかわ》というこちらも岡村に負けず劣らず怖い顔をしている係長、という面子《メンツ》だ。及川は凜太郎より一つ上の三十六歳とのことだった。

最初の半荘《はんちゃん》がスタートすると、いきなり岡村が煙草に火をつけた。

及川と岩下は電子煙草だ。まだ煙の臭いがしないだけマシだ。

それにしても、名古屋支社は喫煙率が高い。

一度も吸ったことがない凜太郎には、煙草の何がいいのか、よくわからない。

「そういや及川さん、ついにぶつけちゃったらしいっすね」

岩下が、早くもドラを捨てながら言った。

及川が渋い顔をする。

「ついにとはなんや。どうもタイヤが滑るなあと思っとったら、マンホールの上で滑ってもうた。ガードレールにぶつけて左側へこましたら、二十万やて」

「おまん、何乗っとったかな？」

牌《はい》を切りながら、岡村が訊く。

「スカイラインですわ」

「えっ？　新車か？」

「まさか。中古ですよ。ローンも終わってないです。新車を買えるほどの給料、もらっとらんですもの」

及川が言いながら、ちらりとこちらを見た。

本社勤務だった凜太郎に訴えたような気もするが、そんなことを訴えられたところで、給料のことなど、どうにもできない。思いきり無視した。

「タイヤはやばいっすよ。気をつけないと、リーチ」

岩下が千点棒を置きながら宣言した。

「おおい、早えわ」

岡村がでかい図体に似合わず、おそるおそる牌を切る。

「セーフ」

「何がセーフや、ゴミ手やろ、どうせ。それにしても、二十万は痛いなあ」

岡村が煙草の煙を吐き出しながら、及川に向かって言った。

「この前、点検出したときは店の整備士が《もう少しもつと思います》って言っとったんですけどね。あっ、ツモった」

及川が牌を倒した。ピンフのみ。安くて助かった。

次の半荘。

「どこの店や」

岡村が牌を切りながら訊いた。

「オートセブンです。バイパス沿いの」

「あそこはやばいっすよ、評判よくないもの」

岩下が電子煙草を咥《くわ》えながら言う。

「らしいな。せやから今度、店にクレームつけよう思うとる」

及川が憤慨《ふんがい》しながら言うと、岡村も乗ってきた。

「当然やがな。修理代チャラや。整備不良ってことやからな。店が断ったら、店の警報器切っとくって言うとけ。あそこはウチのセキュリティ使っとるんやろ」

岡村が冗談とも本気ともつかぬことを口にする。

「ついでにカーナビとか付けてもらえばいいじゃないですか。最新のじゃなくてもいいから」

岩下が牌を切りながら、せこいことを言い出した。

岡村が鼻の穴を広げる。

「おお、せやな。命の危険もあったんやからな。俺もついとったる。無料のタイヤ交換にカーナビやな」

「カーナビは元々付いてますけど」

「じゃあ、がめたら、その新しいのを俺にくれ」

まるでヤクザ事務所の中の会話だ。

セキュリティ会社の社員とは思えぬやりとりに呆れていると、

「遅くなってごめーん」

と甘い声をあげながら、ひとりの若い女が店に入ってきた。

胸のあたりを強調するニットに、パンツの見えそうなミニスカートを穿《は》いている。彼女は初老の女と言葉を交わすと、すぐに店の奥に引っ込んだ。ここの従業員らしい。

女がエプロンを身につけて店の奥から出てくると、

「おーい、新しいお茶もらえんか？」

と岡村がにやけ顔で、急にオーダーを始めた。

「はーい」

女が弾んだ声で返事をする。

かなり肉感的な尻が揺れて、思わずチラチラと見てしまう。

しばらくして女が四人分のお茶を運んできた。

湯飲みを置くために屈むと、ニットの胸元から、乳房の谷間が見えた。ブラジャーはショッキングピンクのド派手なデザインだ。

その女が凜太郎の隣にも来て、湯飲みを置く。

柔肌の甘い匂いが漂った。女を盗み見ると、けして美人というわけではないが愛嬌《あいきよう》のある顔だ。俗に言う「ヤレそうな女」に見える。

岩下がちらちらと盗み見ている。

岡村は露骨に女の尻を眺めていた。及川はバレないように横目で見ていた。

なるほど、こんな場末の雀荘を選んでいるのは、お目当てがいるってわけかと凜太郎は納得した。

「千佳《ちか》ちゃん、今日は早いやないか」

岡村が馴《な》れ馴《な》れしく言った。千佳と呼ばれた女が、シナをつくって答える。

「あれ？　知らんかった？　木曜日は早番やもん」

「終わるの何時？」

岩下が訊いた。

「十時」

「そのあと、飲みに行かへん？」

岩下の軽い誘いに、千佳が困った顔をする。

「えー、今日はクルマで来てるから」

「ええやん、クルマなんか置いてっても」

「どうしよっかなあ。あ、いらっしゃいませぇ」

新たに客が入ってきて、千佳はするりと躱《かわ》すように受付カウンターに向かう。

千佳が離れていくと、岡村がさらにニヤニヤした。

「ええなあ、千佳ちゃん」

千佳の尻を見ながら岡村が牌を切ると、

「あ、それ、ロンです。タンヤオのみ」

岩下が牌を倒した。

岡村がいきなり不機嫌になる。

「おまえ、俺の親をノミ手で蹴るなて。まったく最近の若いモンは」

文句を言いながら、岡村が点棒を払った。

「クルマで来てるってホントっすかねえ。確か千佳ちゃん、俺と同い年の二十五だったと思うけど」

「二十五歳ならクルマくらい乗るだろ」

及川が言う。

「いや、名古屋市内に住んでるなら、クルマに乗ってない若い人間も多いっすからねえ」

岩下が言うと、岡村は訊き返した。

「二十五って、ウチの会社でいうと、誰やろ」

岡村の問いに、岩下が虚空《こくう》を見あげる。

「同期だと総務課の小玉さんかなあ」

いきなり春美の名前が出てきて、ドキッとした。

「誰や、それ」

及川が牌を捨てながら訊いた。

「総務課の女の子ですよ。すげえ地味でおとなしそうな……」

「知らんなあ」

及川が首をかしげる。

どうやら春美は、社内の男性社員からの認知度は高くないようだ。

それもそうだろう。男慣れしてなくて、眼鏡をかけた地味な娘だ。だけど眼鏡を取れば可愛らしいし、おっぱいも大きい……ってことを知っているのは、どうやら凜太郎だけのようだ。

「そういや、原島課長、あの小玉さんと仲がいいんじゃないですか？」

岩下が余計なことを言い出した。

「いや別に。たまたまほら、同じ社宅ってだけで話すようになっただけだから」

「なんや、原島。のっそりしてるからモテへんかと思ってたけど、もうヤッたんか？」

岡村が言う。

「ヤッてません」

しかし、エッチな官能小説を隠し持っている彼女の秘密は知っている。

「でも、ああいう一見地味そうな子が、意外とセックス好きなんですよ」

岩下が勝手なことを言う。

「ほんまかいな」

岡村が呆れた声をあげる。

「ほんまですって。それよりあの社宅、坂戸係長もいるんすよねえ。いいなあ、社宅。俺も入ればよかった」

岩下がポンをした。

「そういや、あの社宅、ひとり身の女性が多いって木村課長が言うとったな。確かシングルマザーだったか、女優みたいな別嬪《べっぴん》もおるって。あの人、社宅の管理もしとるから、ちょくちょく出入りしてるらしいな」

及川が言った。

あいかわらず個人情報などおかまいなしである。

（待てよ。そのシングルマザーって瑛子さんのことじゃあ……）

こぢんまりしたマンションである。美人のシングルマザーなんて、そうはいない。おそらく瑛子のことだ。

「なんでひとり身の女が多いんすか」

岩下が訊く。

「セキュリティ会社の社宅が入ってるマンションなら、ひとり暮らしの女性にとっては心強いやろ」

岡村が答えた。

なるほど、確かに一理ある。

「いいなあ原島さん。その美人のシングルマザー、マンション内で見かけたりしないんすか？　ゴミ出しにノーブラで来たりとか」

さすがにゴミ出しにノーブラでは来ないが、的確な妄想にギクッとした。

「まさかあ、あははは」

「あ、それロンです。ハネ満」

岩下が凜太郎の捨てた牌を指差してから、牌を倒した。ものの見事に牌がキレイに揃っている。

「あっ、すごーい」

いつの間にか千佳が卓のそばに来ていた。

全然タイプは違うのだが、おっぱいの大きさを見て、なんとなく春美のことを思い出してしまった。

《ああいう一見地味そうな子が、意外とセックス好きなんですよ》

岩下の言葉と春美の部屋にあった官能小説のタイトルが結びつく。

『処女OLセフレ化計画』

(ホントかなあ……)

どう考えても、春美はそんなタイプには見えない。

根っから真面目で性的なものとは無縁そうなのに……いったいあの官能小説はなんだったんだろう。

2

何時に終わるかわからないと思っていた麻雀は、意外なことに八時過ぎにお開きになった。

岡村が、奥さんに携帯で呼び出されたのだ。

「アカンわ。重い物を持って腰をやったらしい。ウチのはなあ、元々腰痛持ちでなあ。すまん」

「お大事にー」

と言って見送ってから、三十分ほど三人で麻雀を続けたが、やはり三人麻雀は面白くないし、雀荘に代走《ヘルプ》もいなかったので帰ることにしたのである。

帰宅の電車の中、岩下と別れてから、何気なくスマホをチェックした。

別に見なくてもいいのだが、岡村がもしかしたら、

《ウチのやつの腰、たいしたことなかったから、戻って続きを打とう》

なんてことを、LINE《ライン》で送ってくるかもしれないと思ったのだ。

それで画面を見たら春美からLINEが入っていた。

《お疲れ様です。もう帰ってます？　例の件で大事な話があるので、お部屋に行

ってもいいですか?》

おいおいおい。

なんで単身赴任の男の部屋に、しかも夜に来ようとするのだろう。

このところ会社でも何度か会話を交わすうちに、春美もだんだんうちとけてきて、凜太郎には気兼ねなく接するようになってきた。

元々、男性には奥手そうなのに、凜太郎に対してだけはあまり警戒心がないのか、わりとフランクに話せるようになってきた印象だ。

《ああいう一見地味そうな子が、意外とセックス好きなんですよ》

また岩下の言葉が蘇《よみがえ》る。

内気で地味ではあるが、眼鏡を取れば可愛らしいし、しかもあの大きなおっぱいは悩殺的すぎる。

そんな彼女が俺の部屋に来ようとするなんて……。

(まさか、俺に気があるんじゃないだろうな?)

そんなことを思ったが、春美と接してきて、そんな素振《そぶ》りは見られない。

酔っ払ったり、きわどい格好を見せたり……どちらかというと無警戒すぎて、恋愛対象どころか男として見られていない可能性もある。

（いやいや、どんな無害そうな男だって、あんな無防備な姿を見せられたら豹《ひょう》変《へん》して襲っちまうんだぞ）

一度これはちゃんと言っておかないとと思いつつ、病みあがりで部屋がちらかっているから、近所のファミレスでどうかと返信した。

するとすぐに春美からメッセージが返ってきて、

《できれば人に聞かれないところがいいので、私の部屋はどうですか？》

と書かれてある。

いやぁ、マジか……。

確かにすでに一度、酔った春美を送るために彼女の部屋にあがっているから、そこまで抵抗感はない。

だけどなあ……。

真面目そうな春美の佇《たたず》まいを思い浮かべる。

彼女は、凜太郎が自分を性的な目で見ているなんて、つゆほども思っていないだろう。

これは本当に一度、ちゃんと言っておかないとな。

凜太郎は家に戻ってから、ちょっと考えてからシャワーを浴びた。

別に何かを期待したわけではない。雀荘に行って、スーツに煙草の臭いが染みついていたのだ。

(例の件の話をするだけだぞ。向こうだってそのつもりなんだから)

心の中で復唱しつつ、四階の春美の部屋に向かう。

会社が借りあげている七部屋のうち、四階にあるのは春美の部屋だけである。

同僚に見つかるとまずいので、エレベーターは使わず、非常階段で凜太郎は四階に降りていく。

春美の部屋は401。エレベーターに一番近い部屋だ。

インターフォンを押すと「はーい」と明るい声が聞こえてきて、すぐに春美がドアを開けてくれた。

大きな眼鏡に、艶々した黒髪はいつも通り……なのだが、パーカーにスウェット地のショートパンツという部屋着に、正直ムラッときた。生の太ももに目がいってしまう。

靴を脱いで部屋にあがった瞬間から、春美の甘い匂いがむんむんとしていた。

春美にうながされて、奥に通される。

先日見たときと同じ小綺麗《こぎれい》な八畳のワンルーム。

問題は、本棚だ。

ずらりと並んだミステリー小説。だがその奥には、ハードな官能小説が……。

「適当に座ってください」

と言って、春美がローテーブルにノートパソコンを置いた。

動くたびに、パーカーの胸のふくらみが揺れる。

(やっぱデカいな。瑛子さんよりも……)

いつも私服はだぼっとした服装だけど、今日のパーカーはわりとぴったりめなので、いやでも目立つ胸元だ。緊張する。

「珈琲《コーヒー》でいいですか?」

「ああ、ありがとう」

カーペットの上に座りながら返事をする。春美が立ってキッチンに向かう。

キレイに片づいているなと、きょろきょろしていても、どうしても気になるのはこの本棚だった。

(あのエロ小説を寝る前とか、ムラムラしてるときに読むんだろうか。まさかひとりエッチも……地味《い》でおとなしそうなあの娘が……)

キッチンで珈琲を淹れている春美を盗み見る。ショートパンツから伸びる太ももが眩《まぶ》しすぎる。

いかん。股間が熱くなってきた。

煩悩《ぼんのう》を振り払おうと、スマホを手に取ってニュースサイトを眺《なが》めていたら、珈琲のいい香りがしてきた。

そして珈琲カップをふたつトレイに載《の》せて、春美が戻ってくる。

「あれ？　原島課長、もうお風呂に入ったんですか？」

ギクッとした。

風呂あがりに見えないように身形《みなり》を整えてきたつもりだったが、甘かった。

凜太郎は慌てて理由を口にする。

「今日、会社帰りに麻雀してさ、煙草臭くなったから、シャワーだけ浴びたんだ」

「え？　麻雀って、こんなに早く終わるんですか？」

岡村の奥さんの件を伝えると春美は「なるほど」と、あまり気にした様子もなく言った。

ホッと胸を撫で下ろす。

春美はカーペットに正座して、テーブルの上のノートパソコンを起動させる。

部屋着であろうショートパンツでの正座で、ムッチリした太ももがさらに肉感的になる。

自分の家だから、もちろん生脚《なまあし》だ。今日はこの季節にしては比較的暖かいからショートパンツでもいいが、やはりちょっと警戒心が薄いと思ってしまう。二十五歳のすべすべの太ももをチラ見していると、パソコンが立ちあがったようだ。

「原島課長、実は例のカメラに犯人らしき人物が映っていたんです」

芝居がかった言い方が気になったが、素直に驚いた。

「ホントに？」

「ウソなんか言いません。だから、その映像を見てもらおうと思って来てもらったんです」

春美が自分の隣のカーペットをぽんぽんと叩いて、こっちに来てほしいと促《うなが》された。

一緒に並んで見ようということだろう。

（こんなの、ふたりきりなら押し倒されても文句言えない距離だよ）

だがこちらは分別ある大人だ。ムラムラしてはいるものの、理性はある。

さすがに肩を並べるのは気が引けるので、春美と微妙な隙間《すきま》を空けてカーペッ

トの上に座ると、

「ここを見ててください」

春美は自分から身体を寄せてディスプレイを指差しながら、脚を斜《なな》めに流して座り直した。

甘い髪の匂いがふわりと広がり、身体が熱くなる。

顔が近い。

すぐそばに春美の横顔がある。

なんて肌理《きめ》の細かい肌なんだろう。思わず太ももに触りたくなってしまう。

「原島課長、ちゃんと聞いてます？」

「えっ、あ、聞いてるよ」

慌てて画面を見る。もちろん聞いていなかった。意識はもう春美の太ももに全集中だ。内気で地味だが、眼鏡を取ると可愛らしくておっぱいが大きい春美……。

そんなことを考えていると、春美がノートパソコンにつないだマウスに右手を伸ばした。

そのまま身を寄せてきたので、さらさらの髪が凜太郎の頬に触れた。

「あ、ごめんなさい」

気づいた春美が指で髪をかきあげる。

その横顔に、ドキッとした。やはり眼鏡の奥の目が大きくて、可愛らしい。

「ん？」

春美が目を向けてくる。

大きな眼鏡の奥の瞳が濡れている。

息のかかる距離で見つめ合う格好になった。このままキスに移行してしまいそうな空気が流れる。

顔を真っ赤にして、春美が慌ててパソコンに視線を戻した。

（この子、官能小説を読んでるんだよな……）

今どきのＯＬっぽくない生真面目そうな春美が、部屋で官能小説を読んでいる姿を想像して股間が自然と熱くなる。

「ここからなんです」

平静を装《よそお》っている春美の声に、凜太郎はわれに返って画面を見る。

（ん？）

女性がひとりで映っている。

狭い備品室は誰でも出入り自由だが、普通はひとりでは入らない。総務課の者以外は、総務課の誰かに付き添われて備品室に入り、必要な備品を受け取るのだ。

(誰だろう……え?)

カメラに映った横顔を見て驚いた。

坂戸美香子だ。

「えっ……坂戸さん?」

凜太郎がつぶやくと、春美が大きく頷《うなず》いた。

「私も、びっくりしました。坂戸さんがひとりで備品室に入ってきたので……」

春美も意外だという顔をした。

「そういや確か、彼女ってこの社宅に住んでるよね。ここで見かけたことはないけど」

「私は何度かあります。二階のワンルームに住んでらっしゃいます。確か去年まで は社宅じゃなくて、別のマンションでひとり暮らしをされてたみたいですけど、年明けにここに引っ越してきたとか」

「へえ、そうなんだ」

画面を見る。

彼女は周囲の様子を気にしながら、備品ロッカーを開けて、何やらごそごそと物色《ぶっしょく》するような動きをしている。

だが、備品を鞄《かばん》に入れたりする決定的瞬間は、彼女の身体が邪魔をして映っていなかった。

画面を見ながら春美が言う。

「坂戸さんって会社の人とあまり行動をともにしないらしくて、プライベートは謎《なぞ》に包まれているんですって」

「ふーん、仕事とプライベートを切り離すタイプか。確かにそんな感じだなあ」

仕事をてきぱきとこなす彼女は、馴れ合いを嫌う感じだ。

続けて春美が言った。

「坂戸さん、こんなに美人なのにひとりなんですよねえ。離婚歴があるとかも聞かないですし」

そこまで言って、春美は声をひそめた。

「もしかしたら不倫してるんじゃないかって噂《うわさ》もあるみたいです」

「不倫？」

画面に映る美香子を見つめる。

カメラ越しにも美人とわかる。こういう凜《りん》とした女性が意外に男性に依存して……。

(そうは見えないけどな)

画面から美香子の姿が消えた。備品室から出ていったようだ。

春美がこちらを向いて言った。

「どう思います?」

「どうって……鞄の中に何かを入れる決定的瞬間は映ってなかったけど、まあ怪しいよね。でも問題は動機だよなあ。生活費に困って備品をくすねるなんてことをするタイプじゃなさそうだし……」

「そういうクセがあるとか」

「クセねえ」

今までそこまで本気じゃなかった備品盗難事件だが、自分の部下である美香子が容疑者として浮上してきたとなると、知らぬふりはできない。

「とにかく坂戸さんが怪しいってわけだ」

凜太郎が言うと、春美がキラキラした目を向けてきた。

「私、絶対にこの謎を解き明かします。きっとこの事件の裏には大きな何かが隠されていると思うんです」

「はあ」

いや、絶対にそんなことはないと思うんだけど……。

3

四月になった。

美香子はあれ以来、備品室には現れず、また怪しい動きも見せなかったため、捜査は膠着《こうちゃく》していた。

本人に直接、備品室のカメラに映っていた、と言おうかと思ったけれど、鞄に入れて持ち出すような決定的瞬間は映っていないし、ストレートにそんなことを言って課内の空気を悪くするのは避けたい。何よりも仕事に対して厳しく真面目なあの美香子が備品をくすねる理由がまったくわからないのだ。

（不倫か……）

春美の言葉が妙に引っかかった。

確かにあんな美人が、三十代半ばまで浮いた噂のひとつもないとは。

（出張のとき、それとなく訊いてみるか……）

美香子とは再来週、金沢《かなざわ》で開催される防犯設備メーカーが一堂に会する展示会に出張で行くことになっている。

備品の件は簡単には認めないだろうが、金沢という、いつもと違う環境でなら事情を話してくれるかもしれない。

だが、本人にどう切り出すべきか……。

悩ましい問題だった。

この日、凜太郎は近所の居酒屋《うおなな》で遅い夕食を摂《と》ることにした。

普段は定食屋や牛丼屋ですますことが多いが、たまに軽く飲んで息抜きをするときもあるのだ。

中に入ると珍しく混んでいた。

というのも、この店は平日はさほど客がいないのだ。だが今日に限っては違っていた。

（まいったな。席、なさそうだなあ……違う店にするか）

店員が来るのを待ちながら、店内を見渡していたときだった。

「あら、原島くんじゃない？」

女性の明るい声がして振り向くと、キレイでわりとスタイルのいいおばさんが立っていて、ニコニコと柔らかく微笑んでいた。

一瞬誰かと思ったが、すぐにわかった。

広瀬奈々《ひろせなな》。

会社の近所で弁当屋を夫婦で営《いとな》んでいる奥さんだ。いつも三角巾《さんかくきん》を被っているから髪を下ろしたところを初めて見たのだ。

「えっ？　あ、奈々さん。どうしたんですか、こんなところで？」

しょっちゅう顔を合わせる弁当屋の奥さんなのに、凜太郎はドキドキしていた。

というのも、ショートボブヘアというのだろうか、顔まわりをふんわりと包み込むような丸みのある髪型が可愛らしく、いつもよりも若々しく見えたのだ。

（キレイだとは思っていたけど、こんなに美人……というか美熟女だったとは！）

いつも昼飯を買っている会社のすぐそばにある弁当屋は、広瀬夫婦が切り盛りしているのだが、自宅は凜太郎の社宅のすぐ近くにある。

そんなこともあって、店先で弁当を注文して出来あがりを待つ間も、奈々と世間話をするようになり、たまに社宅マンション一階のコンビニでも一緒になったりして、仲良くなったのだ。

当初、お店で奥さんと呼んでいたら、「奈々でいいわよ」というくらい気さくな人で、いつも明るくて楽しい人だ。

彼女には年の離れた弟がいて、どうやら凜太郎に雰囲気が似ているらしく、それで自然と「くんづけ」で呼ばれるようになっていた。

奈々は少し顔を赤くしていた。

軽く酔っているようで、いつもより色っぽい。

「ひとり？」

奈々が訊いてきた。

「ええ。晩飯ついでに軽く飲もうかと思って、でもいっぱいみたいですね」

「そうねえ」

と返事しつつ、奈々は店を見渡し、そして言った。

「なら一緒にどうかしら。原島くんさえよければだけど」

「えっ、いいんですか？　でもご一緒してる人が……」

「私、今日ひとりなの。寂しかったから、全然かまわないわよ」

これはラッキーだ。

もちろん美人というのもあるけれど、奈々には年上女性らしい包容力があって、話していると楽しいのだ。いつも弁当屋の店先では、話し足りないと思っていたくらいである。

奈々は店の奥の半個室に席を取っていた。

隣席とはパーテーションで仕切られ、入り口に長いのれんが掛かっているから通路からは見えないようになっている。

(なるほど、この席でひとりじゃあ、寂しいよなあ)

部屋の奥に座るよう促されて、奈々とテーブルを挟んで向かい合って座った。

「いつもは旦那と飲んでるんだけどね、今日はひとりなの」

「いいんですか？　俺なんかと。ひとりで飲みたい気分だったんじゃないですか」

訊くと、彼女はニコッと笑った。

「ううん、いいのよ。それとも私みたいなおばさんとじゃ、いや？」

「そ、そんなことないです」

「よかった」

奈々の上目遣いにキュンとなる。

奈々はタレ目がちな双眸《そうぼう》に加えて、左目の下に泣きぼくろがあって、これがグーンと色っぽさを引き立てている。

気さくだけど、黙っているとちょっと薄幸《はっこう》そうな感じがして、男が守ってあげたくなるタイプの美女である。

(これで四十五歳とは思えないよな)

彼女自身は自分のことを「おばさん」と言うものの、顔立ちや表情、そして肉感的なボディも、薄ピンクのブラウスを盛りあげる胸のふくらみも、すべてが男心を揺さぶってくる。ひとまわり近く年上でも十分ストライクゾーンである。

(いやいや、ストライクゾーンなんて失礼すぎるよな。こっちからお願いしたいくらいの美人だもんなあ……しかも今日は……)

いつものナチュラルメイクよりも幾分、しっかりメイクをしているから、美貌がより際だっていて、どうにも落ち着かない。

「何飲む？ 誘ったんだから、私がおごるわよ」

年上らしく奈々が言う。というか本当のお姉さんみたいだ。

「そんな、悪いですよ」

「いいのよ。だっていつもお弁当買ってくれるお得意様だもの。今日は接待させていただくわね。ウフフ」

凜太郎はその言葉に甘えて、生ビールを注文した。

奈々もおかわりの生ビールを頼んだ。他にも唐揚げや焼き鳥、サラダなどを頼んでくれた。

「今日はずっとひとりで飲んでたんですか？　旦那さんは？」

訊くと、奈々はちょっと渋い顔をした。

「出かけてるの。だから原島くんがお店に来てくれてよかったのよ」

「そうなんですか」

わずかに表情が曇ったのは、旦那と喧嘩《けんか》でもしたからだろうか。

頼んだ生ビールを店員が運んできた。

ふたりでジョッキを合わせて乾杯する。

奈々は、こくっ、こくっ、とビールを豪快に呷《あお》って、ふうっと息をついた。

「なあに？」

奈々が訊いてきた。

「あ、いや、奈々さんて、結構イケる口なんだなあって」

奈々の飲みっぷりに見とれてしまっていた。慌てて凜太郎もジョッキを傾ける。

「普段はあまり飲まないのよ。でもほら、たまには羽を伸ばしたいときだってあるでしょ？」

「なるほど」

「あとは、年下の子と飲むことなんて滅多にないから、ちょっとうれしいからかな」

「年下の子って、俺もう三十五ですけど」

「私から見たら若いわよ、原島くんは。ウフフ、こんなおばさんにつき合わせちゃって申し訳ないくらい」

「いや、奈々さん、全然おばさんって感じしないですよ」

「あら、うれしいわ。最近、そんなこと言われないから……。近所のおじさんたちのセクハラ発言ばかりだもん」

奈々が慣れたものだという風に笑う。

そう言えば常連らしい中年のおじさんから、

《奈々ちゃんはスタイルええしなあ、尻もおっぱいも大きいから、たまらんわ

な、夜が充実しとるんやな》

なんて言われている場に居合《いあ》わせたことがある。

夜が充実か……。

思わず、薄ピンクのブラウス越しのふくらみを見てしまう。

ボタンを閉めているから、下に着ているTシャツ越しにはっきりと胸の丸みがわかる。

「常連のおじさんたち、きついですよね」

ずっと胸を見ていたのがバレぬよう、目線をあげてビールを飲む。

「そうねえ。でもこの年になると、なーんとも思わないけどね。それにしても、原島くんも大変ねえ。単身赴任でしょ？」

「あ、はい」

「夜とか寂しくなったりしない？」

「えっ？」

奈々が相好《そうごう》を崩して笑う。

（これ、もしかして夫婦生活のこと言ってるのか？　奈々さん、もうすでに酔ってるのかな）

奈々の目の下がねっとりと赤らんでいた。

ちょっとタレ目がちな双眸と左目の下の泣きぼくろが、いつもよりも薄幸そうな美女を艶《つや》っぽく見せていた。

(酔ってる奈々さん、やばいな。ものすごく色っぽいじゃないか……)

ショートボブヘアの似合う大人の可愛らしさと、包容力のある優しさと、さらにはどこか男が守ってあげたくなるような儚《はかな》さがある。

(俺より十歳も年上とは思えないよな……いいなあ……)

普段の割烹着《かっぽうぎ》姿もいいが、普段着でリラックスしている奈々もいい。

「あ、そうだ。そういえば、あれってどうなったの?」

ふいに奈々が訊いてきた。

「あれ?」

「ほら、会社の女の子に頼まれてるって言ってたってヤツ。一緒に犯人捜しをさせられて困ってるって言ってたでしょ」

「ああ……」

サラダをつまみながら考えた。

経験豊富な奈々さんだったら、もしかしたら坂戸さんが備品に手をつける気持ちがわかるのではないか？

そこで社内の女性が備品室内のカメラに映っていたことや、その女性が真面目で仕事熱心であり、また容姿もいいのに浮いた噂もなく、プライベートがよくわからない、というところまで事細かに伝えてみた。

「その女性が会社の備品を持ち出す動機がわからなくて。小玉さんとずっとふたりで悩んでいるんです。だからって、いきなり本人に尋ねると、きっと頑《かたく》なに否定するだろうし……」

説明すると奈々は、

「うーん」

と顎に手をやって、考える素振《そぶ》りを見せながら訊いてきた。

「プライベートを見せたがらないのよね、その人」

「ええ」

奈々は箸《はし》で冷や奴を割って口に運んでから言った。

「お金に困ってるような様子もないなら、数百円で買えるようなものをくすねる理由がないわよね」

「そうなんです」

凛太郎は同調した。

「きっとね、日常が満たされていないのよ、その女性は……。仕事にもお金にもそれなりに満足してると仮定すれば……人間関係が原因かしらね。誰かを困らせたいとか」

「困らせたい？　ああ」

なるほど。

その視点で考えたことはなかった。

しかし、誰をだ？

「備品をくすねて、誰かを困らせるっていってもなぁ……想像つかないなあ」

「たとえば、社内で不倫をしてる相手を困らせたいとか。その人、美人なのに、三十代半ばで独身なんでしょ？」

奈々が、ずばり言った。

「社内不倫か……」

春美が言っていたことを思い出した。

確か美香子には不倫の噂があると言ってたっけ。

難しい顔をしていると、奈々がビールを呷ってから言った。

「あくまで勘だけどね。でも聞いた限りだと、人間関係、恋愛がからんでる気がする」

「そうか……確かにそうかも……いや、ありがとうございます。俺たちなんかよりも、よっぽど名探偵ですよ」

「まだそうと決まったわけじゃないでしょうけど……まあ年《とし》の功《こう》かしらね」

「そんな……でもなんか不倫してる人の心理に詳しいですね、誰かお知り合いに不倫中の人がいたりして？」

酔っていたので、ちょっとくらいの軽口ならいいかなと思ったのだが、奈々がそっと目を伏せたので凜太郎は慌てた。

「あ、す、すみません。不倫する人なんて、そんな、身近にはいないですよね」

慌ててフォローすると、奈々はまたビールを呷ってから、ふうとため息をついて顔の前で手をパタパタした。

「ちょっと暑いわね、ここ」

そう言うと、奈々は薄ピンクのブラウスを脱ぎはじめたので、ドギマギしてしまう。

4

奈々がブラウスを脱いで、長袖のTシャツ姿になる。

Vネックなので、ちょっと前屈みになるだけで、開いた胸元から白い谷間がちらりと覗けた。

つい目線が下にいく。

(おっ! おっぱいの谷間がっ……!)

柔らかそうな熟女おっぱいを包み込む、ベージュのブラジャーまで見えた。

地味なデザインのブラは生活感があって、派手なデザインのものよりも数倍エロティックだ。

見た目は若々しいものの、そんな下着のチョイスはおばさんらしい。

(やっぱり大きいな。小玉さんより大きい感じはしないけど、ブラとかパットのせいじゃなかったんだ。元々の生乳が大きいんだな)

奈々はかなりの巨乳ではないかと、前々から思っていた。

ブラウスとかエプロンやら割烹着の胸のふくらみが、悩ましく重たげに揺れる様をいつも凜太郎は見ていたのだ。

しかもだ。

魅力的なのは、おっぱいだけではない。

四十五歳にしてはかなり可愛い色白の美貌が酔ってほんのりと朱に染まっている。濃厚な甘い匂いもいい。熟れた色香がムンムンと漂いっぱなしだ。

(酔うと、奈々さんってこんな感じになるんだなあ……)

箸で唐揚げをつまみながら見ていると、

「不倫か……不倫ね……」

奈々がなんだか自分に言い聞かせるようにつぶやきつつ、テーブルに置かれた醤油《しょうゆ》差しに手を伸ばす。

すると、もっと奥までおっぱいの谷間が見えた。

豊かな乳房とブラジャーのレース模様までだ。

(なんて無防備なんだよ……。本人はおばさんだと思って油断してるんだろうけど、こんなにエッチな身体をしてるんだから、男の視線を集めちゃうだろ)

そのときだ。

奈々がハッとしたような顔をして、手でTシャツの胸元を隠したのだ。すごく気まずそうな表情で凜太郎をじっと見る。

睨《にら》まれるかと覚悟したが、奈々は顔を赤らめて「あ、ごめんね」と言って笑ってくれた。

(あれ？　奈々さん、怒らないのかな？)

奈々はビールを呷ると真面目な顔をした。

「……あのね、さっきの質問の答え。ウチの旦那も不倫してるから、気持ちがわかるのよ」

「は？　えっ？」

いきなりの告白に凛太郎は戸惑った。

奈々が続ける。

「私も、満たされなくてモヤモヤが溜《た》まってるの。旦那を困らせてやりたいって思うときもあるから……」

「そ、そうなんですか」

どう返事したらいいか、わからなくなってきた。

まさか、あのいつも明るい弁当屋の奥さんから、旦那が不倫しているなんて言われるとは……。

奈々が寂しそうに続ける。

「だからね、私、その腹いせに、いいなあって思うイケメンのお客さんには、旦那に内緒でお惣菜《そうざい》とか勝手にサービスしちゃうの。バカみたいって思うんだけど、売上金額と在庫数が合わなくて困ってる旦那を見るとね、いい気味だって……。私のささやかな復讐」

凜太郎はそれを訊いて緊張が高まった。

なぜなら、奈々から惣菜のおまけサービスを自分も受けていたからである。

「イケメンというか、常連さんに、ですよね？」

「ううん。常連さんじゃなくて、いいなって思ってる人だけにだよ」

見つめられて息が止まる。

「あはは。こんな中年でも、イケメンなんて言ってもらえて、うれしいですよ」

どうしたらいいかわからなくて愛想笑いをする。

そのときだった。

「えっ……？」

座っている膝の間に柔らかいものが入ってきて、ビクッとした。

なんだ？　と思ってテーブルの下を覗くと、股間に忍び込んできたものが動いて、ズボンの上からふくらみをくにくにと揉んできたのだ。

（つ、爪先……奈々さんの……？）

信じられなかった。

奈々が靴《くつ》を脱いだ右脚を伸ばしてきて、凜太郎の股間を爪先でいじってきたのだ。

「あ、えっ……？」

驚きすぎて声が出なかった。

可愛らしい弁当屋の奥さんがまさかこんなことを……。

「ウフフ。でも私、原島くんにだけだよ、サービスしてるの……」

そう言って、さらに爪先で股間のふくらみをすりすりしてきて、凜太郎は目を白黒させてしまうのだった。

5

勘定を済ませて店の外に出ると、奈々はかなり酔っているようで、ぴたりと身を寄せてきた。

「あっ……」

薄いカーディガンとブラウス越しのおっぱいが左腕に当たっていた。

ふにゅっと沈み込みそうな、柔らかな乳房の感触が、単身赴任中の中年男の性欲をくすぐってくる。

「な、奈々さん……」

「ん？」

至近距離で上目遣いをされて、キュンとなる。

とろんとした目つきと左目の下の泣きぼくろによって、さらに熟れた色気を醸《かも》し出している。

加えてさらさらのショートボブヘアが可愛らしさを演出していた。

おっぱいが大きく、腰は細いのにお尻が大きくて、ロングスカートにパンティのラインが浮き出ている後ろ姿も拝ませてもらった。

凜太郎は奈々の腰を抱きつつ、そっとロングスカートのヒップを撫《な》でてみた。こちらも酔っていたし、もうそれくらいしてもいいと思えるくらい、奈々はいやらしいスキンシップを何度もしてきたのだ。

（ああ、悩ましいヒップラインっ……）

尻の丸みが扇情的だった。

指先に感じるパンティの線もエッチすぎる。たまらなくなって尻肉をギュッと

つかむと、

「あんっ、もう……ウフフッ」

奈々が甘い声を漏らしてクスクス笑いながら、そのまま店の横の細い路地に凜太郎は連れ込まれた。

すると突然、奈々が爪先立ちになって顔を近づけ、キスしてきたのだ。

(えっ！ ああ、キスしてる……ッ。奈々さんと……)

唇の感触や甘い呼気もいい。

ちょっと串揚げやビールの匂いが混じっているのも、奈々のものだと思えば愛おしい。

(四十五歳なのに……可愛らしいし、いやらしい)

キスをほどいた奈々が、潤《うる》んだ瞳で見あげてくる。

もうだめだった。

「あ、あの……今日は旦那さん、帰ってこないんですよね」

訊くと、彼女は顔を赤らめて小さく頷いた。

ギュッと手を握られると、もはや理性などなくなって、そのまま店の前まで戻り、人に見られぬように素早くタクシーを停めて乗り込んだ。

後部座席から歓楽街の名を運転手に告げる。ラブホテルが点在している場所である。

奈々は何の反応もしなかった。

（い、いける……ああ、こんな美人の奥さんと……）

年上との逢瀬《おうせ》は初めてだった。

四十五歳という年齢に一抹《いちまつ》の不安はあったものの、先ほど抱擁した限りはスタイルも抱き心地も抜群だった。

横を見れば、彼女は恥ずかしそうにうつむきつつ、ちらっとこちらを見てきたギュッと手を握ってきた。

（年上のくせに、何でこんなに可愛いんだよ……それに身体つきも……）

薄いカーディガンの中はブラウスで、柔らかそうな素材のロングスカートという地味な格好だ。服装だけ見れば確かに熟女、というかおばさんである。

だがスカートからちらりと覗く脹《ふく》ら脛《はぎ》や、スカートに包まれたヒップは熟れきっていて胸のふくらみも悩ましくていやらしい。

普段は気立てのいいお弁当屋の奥さんが、脱いだらすごい……このギャップがたまらない。

タクシーを降りて、ふたりで歓楽街を無言で歩く。

すでに居酒屋にいるときにラブホテルのことは調べてある。

歩くとすぐにホテルがあって、手を繋《つな》いだまま促すと、奈々は何も言わずにうつむきながらついてきた。

一階のロビーで部屋を選ぶ。受付でルームキーを受け取って部屋に行くまで、彼女は一言も発しなかった。

こちらもそうだ。緊張でおかしくなりそうだ。

ドアを開けると、いかにもラブホテルといった大きなベッドが正面にあり、そのまわりにテレビや小さなソファがあった。

ドアを閉めて、ふたりで部屋に入る。

奈々がこちらを見あげてきた。

タレ目がちな双眸は、うるうると潤んでいる。

物憂《ものう》げで儚《はかな》い感じが男心をやけにくすぐってくる。

ここまで来たら……もう止められない。無言でギュッと抱きしめた。

「あっ……」

わずかに奈々が声を漏らす。

そのまま唇を重ねた。腕の中で彼女の身体がピクッと動く。

そして性的な欲求を伝えるように、硬くなった股間を人妻の下腹部にグイグイと押しつける。

「んんっ……」

奈々が驚いたようにビクンッと腰を跳ねあげた。

引き結んでいた唇が開く。

性急すぎたのでいやがったのかと思ったら、奈々は恥じらいながらも甘えるような表情をして、ウフフと微笑んだ。

「原島くんのエッチな視線……気のせいじゃなかったのね。ねえ、ホントにこんなおばさんでもいいの？」

優しげな瞳が欲情しきって潤んでいる。

凜太郎は昂ぶって言った。

「い、いいというか……こっちこそ……うれしくて」

「よかった」

ニコッと笑った奈々が、ズボン越しに硬くなったふくらみを撫でてきた。

「……ッ！」

すりすりと股間を撫でられると、さらに硬さが増して、ペニスの芯《しん》がジクジクと疼《うず》いてしまう。

「うれしいわ。私でこんなに硬くしてくれて……」

目が潤んでいる。泣きぼくろがセクシーで、その美貌を見ているだけで心臓がドクドクと脈を打つ。

凛太郎の背に手をまわしながら顔を近づけ、奈々の方からキスしてきた。

「むっ……」

「ウフフッ、ンンッ……んうんっ」

奈々が悩ましい鼻息を漏らしつつ、舌を差し入れてくる。

（ああ……奈々さん……可愛らしくて貞淑《ていしゅく》に見えたけど、やっぱり熟女で人妻なんだな。こんなにエッチなキスをいきなりしてくるなんて……）

積極的なベロチューに脳みそが痺《しび》れきった。

奈々はいやらしく舌を動かし、淫らに口内をまさぐってくる。

肉感的な唇に何度も口を塞《ふさ》がれ、唾液でねとついた舌で、ねちゃねちゃと口の中をたっぷり舐められると、頭も口の中も甘美にとろけていく。

（奈々さんのツバ、甘い……）

こちらも夢中で舌をからめていくと、

「んふっ……ンンッ……」

さらに昂ぶってきたのだろう、奈々の呼気が荒くなり、目をつむって顔を斜めにして舌に吸いついてきた。

「んっ……んん……」

息苦しさが気持ちいいなんて初めてのことだ。

柔らかい唇に甘い呼気、さらに抱きしめている肉感的な熟れ肌の弾力やしなりがたまらない。

その間にも、奈々の手が股間をいやらしくこすってくる。

甘い陶酔《とうすい》に浸っていると、立っているのもつらくなってきた。

奈々がキスをほどき、濡れた瞳で見つめてくる。

「んふっ……すごい……興奮してる……？」

凛太郎も見つめ返す。

「し、してますよ。だって、こんなにいやらしいキスをされたら、誰だって……」

「いやらしいなんて……いいのよ、原島くんもいやらしいことして」

期待にますます股間が硬くなる。

奈々ならば、いろんなことをしても許してくれそうだ。そんなことを言われたら、こちらも妻とは絶対にしないようなプレイをしてみたくなる。

「い、いいんですね」

「いいわよ、こんなおばさんの身体でよければ……奥さんの代わり。ウフフ。私のこと、好きにしていいわ」

鼻息が荒くなる。

こんな美人の奥さんを好きにできる……。

奈々はベッドに乗ると、仰向《あおむ》けのまま目をつむった。

(ああ、ホントに俺のしたいようにさせてくれるんだな)

凛太郎は震えながら奈々に覆い被さり、カーディガンを脱がせてから、ブラウスのボタンを外していく。

すべて外し終え、肩から脱がせてから、白いTシャツをまくりあげて、さらに地味なデザインのベージュのブラジャーもずりあげた。

すぐにゆさっとした量感たっぷりの乳房がこぼれ出る。

凛太郎はハッとして目を奪われた。

（これが四十五歳の乳房か？　全然形が崩れていないし、しっかり丸みがあるじゃないか……）

正直、ちょっと垂れ気味ではないかと思っていた。

しかし奈々の乳房は仰向けでも十分に張りがあって、しっかりした悩ましい丸みを保っていた。小豆色《あずきいろ》にくすんだ乳輪がその年齢を感じさせるものの、若い女にはないいやらしさがある。震えるほど魅力的なおっぱいだ。

興奮しながらそっと乳房に指を押し当てて、おずおずと圧迫すると、おっぱいのしなりを感じつつ、指が乳肉に沈み込んでいく。

（うわっ、や、柔らけー）

瑛子や春美とはまた違う、もっちりした揉み心地がたまらない。

まるでつきたてのお餅《もち》だ。

しっとりモチモチして、柔らかく熟しきっている。

さらにギュッとつかめば、ひしゃげてしまうほどの柔らかさなのに、押し返してくるようなしなりもあった。

（す、すごい……）

ますます昂ぶり、むぎゅ、むぎゅと、さらに圧迫するように揉みしだくと、

「う、ううんっ」

奈々は顎をそらして、目を閉じた。

手のひらに硬いシコリを感じる。

指を離してみれば、乳首がムクムクと尖《とが》りを増して反《そ》り立っていた。

乳輪は大きく乳頭部の突起もグミのように大きい。

まるでもげそうな小豆色の乳首に吸いつき、口に含みながら、ねろねろと舐めると、

「ぁあああん……」

奈々が湿った声をあげて、顔をぐっとのけぞらせる。

お店のカウンターでは朗《ほが》らかで優しい奥さんが、ベッドではこんなにいやらしい声を漏らすなんて。

（い、色っぽい声……！）

乳首を吸いながら上目遣いに奈々を見た。

奈々は瞼《まぶた》を閉じ、わずかに眉をハの字にして悩ましい表情を見せている。

その感じている表情は若い娘にはない、やたらと淫らでエロティックなものだった。凜太郎は欲情し、さらに突起を、今度は舌で上下左右に弾く。

すると、

「あんっ……んんっ……いやっ……」

奈々は甘い声を漏らし、顎をせりあげて太ももをよじり合わせた。

（くううっ、可愛い。この反応がたまんないよ）

舌全体でねろっ、ねろっと丹念に乳首を舐めれば、口中で奈々の乳首はムクムクと尖りを増して、

「ンンッ……あーッ……あっ……はあっ……いやんっ……やあああァァ……」

と激しい喘《あえ》ぎ声を出して身をよじらせる。

（よし、感じてるぞ）

今度は舌を横揺れさせ、さらにヂュルッと力強く吸引する。

「ああんっ……」

奈々はせつなそうな声をひっきりなしに漏らし、腰をビクッ、ビクッと震わせはじめた。

「あんっ……原島くんっ……いいの……ああんっ……感じちゃう」

奈々は今にも泣き出しそうな表情だ。

目尻に泣きぼくろがある、とろんとした目がうるうるして、美熟女の昂ぶりが

はっきりわかる。

(旦那以外の男にこんな姿を……年上の人妻ってエロすぎる……)

もはや熟女の虜《とりこ》だった。

燃えあがった凜太郎はさらにチューーッと音がするほど乳首を吸い、指でキュッとつねって引っ張れば、

「ぁああ……あああっ……」

と、奈々は上体をのけぞらせ、ついにいやらしく下腹部をせりあげてくる。

スカートが大きくまくれ、白い太ももどころかベージュのパンティが見えるほど激しくその身をくねらせる。

「いやらしいですよ、奥さん」

わざと「奥さん」と言い、乳首をキュッと、つまみながら煽《あお》ると、

「あ、あんッ……奥さんなんて……いやっ……」

奈々はもう欲しいとばかりに目を細め、ハアハアと息を弾ませながら、すがるようにこちらを見あげてきた。

(もう欲しがってる……まだおっぱいを責めただけなのに……)

下も可愛がってほしいのだろう。

ならばと凜太郎は手を下ろし、奈々のくびれた腰や、スカート越しのたっぷりした尻を撫でまわす。

太ももに手を伸ばすと、薄いパンティストッキングを通してムッチリした弾力が手のひらに伝わってきた。

（すごい太ももだ。なんてボリュームなんだよ……さすが熟女）

腰から尻にかけての肉づきが、想像以上だ。

だがこのどっしりした感じこそが、経験豊かな熟女らしくてエッチだ。

ガマンできなくなり、凜太郎は勢いよく奈々のスカートの裾をたくしあげ、太ももの奥へと一気に手を滑り込ませる。

そのときだ。

「あんっ、ダメッ……」

奈々が太ももをギュッと閉じた。

（えっ？　どうして？　ここまできて……）

焦って彼女の顔を見る。

目の下を赤く染めて伏し目がちになった奈々を見て、ああそうか、恥ずかしいのか……と凜太郎は悟った。

「だ、大丈夫ですから……俺に任せて……」

何が大丈夫かわからないが、軽く抵抗する奈々を尻目にパンストとパンティ越しの女のワレ目に触れる。

あっ、と凜太郎は驚いて、一瞬手を止めた。

「いやっ」

奈々は真っ赤になってつらそうに眉をひそめ、いやいやするように顔を振りたくる。

間違いない。

奈々の股間には、すでに湿った感触があった。

「ダメッ」と抵抗したのは、すでに濡れていることを知られたくなかったからだ。

6

「あんっ、違うの……違うのよ……私、その、濡れやすい体質っていうか……」

奈々が慌てたように早口で言う。

凜太郎も三十五歳になって、それなりの経験をしているからわかる。

奈々はもう愛撫だけでパンティを湿らせてしまったことに、恥じらいを覚えている。

可愛らしかった。

こんなに可愛らしい四十五歳の熟女がいるなんて。

そっとショートボブヘアに触れて頭を撫でた。やりたかったことだ。しかし、彼女はいやがらずに身を寄せてくる。

凛太郎はそっと彼女に告げた。

「うれしいです。もう……その……感じてくれたってことは、俺のこと信頼してくれたってことでしょ？」

じっと顔を見ていると、また奈々が覗き込むような上目遣いをした。

泣きぼくろの上目遣いだ。

熟女の悩殺的な仕草に、キュンとなる。

「だって……私、その……久しぶりだし……それに原島くんがすごくエッチだから……私……」

そこまで言って、もう言わせないで、とばかりに唇を重ねてくる。

「んふっ……ううん……」

再び濃厚なベロチューにふけっていると、太ももの圧迫が緩んできた。

唾液のからみつくような深いキスをしながら、もう一度指で基底部に触れてみる。

ベージュのパンティはぬかるみ、指がワレ目に沿って柔らかな恥肉《ちにく》に沈み込んでいく。

「うっ……ううんっ……」

奈々が悩ましい声をあげて腰をよじらせた。

ブラを胸の上に引っかけただけの扇情的な格好で身悶えると、乳房がいやらしく揺れ弾む。

凜太郎はさらに欲情し、熟女の半裸を抱き、口づけをほどいて乳首を舐めつつ、さらにしつこくパンストとパンティ越しの柔肉を指でなぞる。

「あっ……あっ……ううんっ……」

奈々の声はしだいに悩ましい媚態《びたい》を含み、汗ばんでしっとりした肌の香りと、アソコの強い匂いがムンと鼻先を刺激してきた。

だめだ。

もう、いてもたってもいられない。

そのまま体を下にずらし、奈々のスカートのホックを外してそのまま脱がせてから、パンストとパンティに手をかけて丸めながら一気に脱がした。

「あんっ……いやっ……」

奈々は恥ずかしいとばかりに両手で股間を隠し、顔をそむける。そんな可愛い仕草とは裏腹に、股からはムンと生魚のような匂いが立ちのぼった。

(やっぱりすごいな……匂いも、そして身体つきも……)

一糸《いっし》まとわぬ全裸にしてから、改めて奈々の身体を見おろした。

腰はくびれているが、全身は脂が乗りきってムッチリと柔らかそうだ。

この豊満さがいい。細いだけの若い娘より何倍もいやらしい。

「やだ……あなたも脱いで……」

見とれていた凜太郎は言われてハッとした。

慌ててシャツを脱ぎ、ズボンとパンツを下ろすと、昂ぶりきったモノがぶるんとバネ仕掛けの人形のように飛び出した。

奈々は布団の中に潜り込み、ちらりと凜太郎の股間を見た。恥ずかしそうにしていたが明らかに欲情している。

凜太郎も全裸になり、そっと布団をめくる。

甘い体臭や濃い汗の匂いが混じった香りを感じながら、ムチッとした熟女の身体を抱きしめる。

（もっちりして……肌もすべすべだ）

凜太郎はこすりつけるように身体を抱き、そして奈々の身体を指先でまさぐった。

「あっ……あっ……」

奈々がうわずった声を漏らし、せつなげな目を向けてきた。

男が守りたくなるようなか弱さと、男の加虐性《かぎゃくせい》を煽《あお》っていじめたくなるような何かが同居している。

《私のこと、好きにしていいわ》

そう言われたことを思い出し、凜太郎はベッドから手を伸ばし、壁にかけてあったバスローブの腰紐《こしひも》をするりと抜いて奈々に見せた。

「あ、あの……」

なかなか言い出せなかったが、奈々はきょとんとバスローブの紐を見てから、すぐにカアッと顔を真っ赤にしてはにかんだ。

「……そういうのが好きなのね。ウフフ。いいわよ、したことないけど」

奈々が両手を前に出した。

「俺も初めてなんです。でも……その……」

「いいの。原島くんがしたいようにして、いいよ」

優しく言われて、凜太郎は興奮しつつ、震える手で奈々の両手を柔らかいタオル地の紐でひとくくりにした。

「犯して……原島くん」

奈々が顔をそむけ、過激なことを口走る。

あの弁当屋の奥さんが、優しい奥さんが、こんないやらしい言葉を……。

ますます昂ぶり、奈々のひとくくりにした手首をつかんで頭上に差しあげ、バンザイするような形で押さえつけた。

そして片方の手で豊かな尻を撫でまわし、さらに濃いめの恥毛をかき分け、女の恥部に指を這わせていく。

「あっ……！」

びくっ、として奈々が顔をのけぞらせた。

温かな蜜があふれて、指先を濡らす。

「あ、あんっ……そこ、だ、だめっ……」

両手を拘束された奈々がいやいやした。

恥じらうのは当然だろう。軽く触れただけで、ぬかるんでいることがわかるくらい、おまんこが濡れているのだ。

「ぐっしょりじゃないですか……だめなんて言って。お、奥さん。両手はあげたままですよ。下ろしたらだめですから」

命じると、奈々が瞳を潤ませながら小さく頷いた。

凜太郎は布団を剝《は》ぎ、奈々のムッチリした太ももの裏を持ちあげ、大きく開脚させたまま押さえつけた。

「ああっ、いやあぁーっ」

奈々が戸惑いの声をあげて、首を横に振った。

それもそうだろう。M字開脚で女の恥部を丸出しにして、じっくり観察されているのだから。

(これが四十五歳の熟女の、人妻のおまんこ……エロすぎるだろ……)

恥部のまわりの黒ずみが年齢を感じさせる。

土手厚《どてあつ》で肉ビラはかなり大きめで、くしゃっとしていた。

ワレ目の中は真っ赤に充血し、物欲しそうにヒクヒクとうごめき、透明な蜜でぬらぬらと照り輝いている。

凜太郎は鼻息荒く、女の亀裂に顔を近づけ、ゆっくりと舐めあげた。

「ああんっ……そ、それ、だめっ……やっ、ンッ、んっ……！」

熟女の細顎が跳ねあがった。

(しょ、しょっぱい……ツンとする味だ……匂いも強いし……でも、すごく興奮するっ！)

舌を伸ばして激しく舐めれば、舌先にぬるぬるした愛液がまとわりつき、

「んっ……んっ……だめっ……ああっ……許して……」

奈々が、つらそうな表情で哀願してくる。

泣きぼくろの目が潤んでいる。

そして、恥ずかしいだろうけど、命令通りに縛られた手をバンザイさせたままだ。

もっと感じさせたいと、恥毛に鼻がつくほど舌を奥まで差し入れる。

すると、磯の香りがぷんと強くなり、蜜がいっそうあふれてきて、

「ああん、もう、もう……ちょ、ちょうだいっ」

と奈々は縛られた両手をあげながら、身体をくねらせた。

凛太郎は奈々の火照《ほて》った顔を覗き込んだ。

「縛られて感じたんですか？」

彼女はつらそうに眉をひそめたが、すぐに瞼を閉じて、こくんと頷く。

（さすがは熟女だ……俺に合わせてくれてるんだ）

だが、感じて濡らしているのは間違いない。

もう一刻も待てなかった。

凛太郎は屹立《きつりつ》を握りながら、濡れそぼるワレ目にペニスの先端をググッと押し当てた。

「あううっ！　あんっ、熱いっ……硬いのがっ、ああんっ……入ってくるっ」

奈々が待ちかねたように歓喜を叫び、腰をくねらせる。

軽く力を入れると、先端が秘裂を開いて嵌《は》まり込んでいった。

（こんなに抵抗なく膣穴《ちつあな》に入るなんて……）

根元近くまで奈々の体内に突き入れると、猛烈な興奮が襲ってきた。

熟女の膣内はぐしょぐしょに濡れて柔らかく、その上、媚肉《びにく》が、ぎゅっ、ぎゅっ、と分身を締めつけて、射精をうながしてくるのだ。

（き、気持ちよすぎるっ……！）

もうだめだった。

凜太郎は奈々のM字に開いた脚を押さえつけながら、ぐいぐいと張り出した肉傘で膣穴をえぐり立てた。

「んんっ……ああ……いきなり、そんなっ……！」

いきなりの連打で奈々が困惑した声をあげる。

しかし凜太郎はかまわずに正常位で腰を振りたくった。

打ち込むたびに、大きくて柔らかいおっぱいが目の前で揺れ弾む。身体を丸めて、そのせり出した乳首にしゃぶりつき、さらに打ち込むと、

「あっ……あっ……あぅぅ……」

奈々が縛られた両手を頭上でギュッと握りしめながら、気持ちよさそうにのけぞった。

うねうねとする熟女の濡れきった媚肉が、ますます強くからみついてくる。

その気持ちよさに翻弄《ほんろう》されながら、凜太郎はさらに強く穿《うが》つと、

「はあああああ！　ああんっ」

奈々は早くも恍惚《こうこつ》の表情を見せてきた。

泣きぼくろのある目がとろんとして、薄目を開けて視線を宙に彷徨《さまよ》わせてい

る。感じまくっているのが、ひとめでわかる。

（た、たまらんっ……）

グーンと興奮が増して、凜太郎はさらに抜き差しを強めていくと、

「ああんっ。だ、だめっ、そんな奥まで……はううんっ」

のけぞった奈々の表情が、いよいよ差し迫ってきた。

色っぽい表情を見ているとたまらなくなり、縛られてバンザイしている奈々を前傾して抱きしめ、腰を振りながら、むしゃぶりつくようにキスをする。

「ううんっ……ンううんっ……むうう……むふんっ……」

息もできないほど激しく口を吸い合い、舌をもつれさせ、その間にも、ぬんちゃ、ぬんちゃと膣奥を穿つ。

「んんっ……あううんっ……だめっ……だめっ……私、こんなになったことないっ……ああんっ……おかしくなっちゃいそう……」

キスを無理にほどいた奈々が、バスローブの紐で手首を縛られたまま、凜太郎の後頭部を押さえつけてきた。

おそらく彼女は年上として、リードしようと思っていたのだろう。

それなのに今はもう快楽に翻弄され、淫らに乱れまくっている。

ベッドの上でふたりはもう汗みどろとなり、シーツを濡らしていた。獣じみた強い性の匂いが、部屋中にたち込めている。

それに加えて、汗の匂いや甘い体臭、蜜のこぼれた匂いが重なり、チンポがグッとそり返った。

「んっ……ああんっ……私の中でまた大きく……ああん……エッチィ……」

泣きそうな顔で見つめられる。

腰の動きは「欲しい」とばかりにうねっている。

「奈々さんこそ、いやらしいじゃないですか。こんなに腰を動かして……」

こっちにも余裕はないが、それでも出そうになるのをこらえて、ひたすら奥を穿つと、

「あんっ……だめっ、ああんっ……いやっ……イキそうっ……だめっ」

ついに泣き顔で奈々が訴えてきた。

それでもかまわずに、さらに前傾姿勢を取ると、奈々の腰が浮いて脚を開いたままのマングリ返しになる。

「あ……いやっ……こんな格好にしないでっ……」

奈々が恥じらい、首を横に振る。

「でも、見えるでしょ。おまんこをずっぽりえぐられているのが、ほらっ、見てください。ああっ、また蜜があふれてきた」

いじめると膣がキュッキュッと締めつけてくる。悦《よろこ》んでいるのだ。

さらに腰を使うと、

「恥ずかしいっ、見ないでっ、広げているところなんか、ああんっ……私、ああんっ……お願い、中にちょうだいっ……私もう、大丈夫だから」

羞恥が興奮を呼ぶのか、奈々は人妻とはとうてい思えない台詞《せりふ》を吐いた。

(中に出して……いいんだっ)

妻以外の女性に中出しするのは初めてだった。興奮が増して、一気に射精したい気持ちが強くなる。

「ああ……いいんですね。出ますっ……中に、奈々さんの中に……」

「いいわ……いいのよっ……出したかったんだもんね……ああんっ、中に、私の奥に原島くんのをちょうだいっ……！」

その台詞を聞いて、心も股間も決壊した。

「く、ああ……お、俺……イキますっ……あっ……あああ……」

凜太郎は情けない声を漏らし、奈々の膣奥めがけて、どくっ、どくっ、と注ぎ込んだ。

（あああ……き、気持ちいい……）

放出するたびに意識が奪われていくようだった。

これほど気持ちいい射精は初めてだ。

奈々が抱きつきながら、何度も、ビクン、ビクンと痙攣《けいれん》した。

「あんっ……いっぱい……熱いのが……イ、イクッ……ああ……」

アクメした媚肉がぎゅっ、と搾《しぼ》り取るように締めつけてくる。

（ああ……可愛くて、色っぽくて……それに、いやらしくって……熟れた人妻って、たまんないっ……）

凜太郎は出し尽くしてからマングリ返しをほどき、幸せを噛みしめながら奈々をしばらく抱きしめていた。

第四章　美人の部下と湯けむり残業

1

月曜日。

同僚と誘い合わせて昼飯にでも行こうと思ったのだが、午後一時に打ち合わせが入ってしまったので、何か買ってきて、デスクで軽く済ませてしまおうと、凜太郎は急いで外に出た。

コンビニで何か買おうかと思ったが、ふいに奈々の弁当屋に顔を出したくなった。

先週、ラブホテルで何度も抱き合った浮気相手であるが、困らせるつもりやいやがらせではない。

あの弁当屋は美味《おい》しいから、これからもお店に通いたいし、気まずくならないようにしておきたい。

というのは建前《たてまえ》で。

本当は奈々が恥ずかしがる様子を見たかったのだ。

弁当屋に行くと、ちょうど奈々が店のカウンターに立って、お客さんをさばいていた。

「あ、いらっしゃいませ」

奈々は凜太郎を見て、一瞬驚いた表情を見せたものの、すぐにいつもの笑顔に戻って「何になさいますか？」と訊いてきた。

カウンター前で悩むふりをしながら、奈々を盗み見る。

ナチュラルメイクでエプロンと三角巾を身につけた、いつも通りの弁当屋の奥さんだが……先週、こんなキレイな年上の人妻の身体を、朝まで何度も何度もむさぼったのだと思うと、それだけで股間が疼《うず》いてしまう。

「あの、唐揚げ弁当を」

「はーい」

奈々は明るい声で返事をしつつ、振り向いて、調理をしているであろう旦那に向かって、

「唐揚げひとつねー」

と呼びかけた。

デニムの尻がいつも以上に悩ましく見える。

何しろ、両手をバスローブの紐で縛られた奈々を、正常位とさらにはバックから貫いて腰を振りまくったのだ。

《うふっ……いいのよ、犯して……》

《私のこと、好きにしていいわ》

などと、このタレ目がちの柔和《にゅうわ》な顔立ちの美人が、色っぽい仕草で乱れるものだから、凜太郎も我を忘れて無我夢中で性技に没頭した。

人妻に中出しまでしてしまったのはさすがに申し訳ないと思っている。

それでもいまだに目をつむれば、濃密な人妻の体臭や生々しい愛液の匂い、それに肉感的で豊満な腰つきに、魅惑的なヒップ、さらにはわずかに色素が沈着した小豆色の乳首まで、目の奥に浮かんできて股間を熱くさせてしまうのだった。

(すごかったなあ……)

年上の熟女を抱いたのは初めてだが、母性に包まれるような安心感があった。

それなのに可愛らしいところもあって、そのギャップがたまらない。

どこか儚《はかな》げで、男が守ってあげたくなるような雰囲気が逆に、凜太郎をあんなアブノーマルな拘束《こうそく》プレイに駆りたてたのだ。

（しかし、俺にあんな趣味があったのか……？）

今まで女性を拘束して弄《もてあそ》ぶなんて考えたこともなかった。

ふいに思った。

やっぱりあれだよな……春美の本棚の奥に隠してあった官能小説。

『処女ＯＬセフレ化計画』

どうもあのハードな官能小説のタイトルを見てから、ちょっと意識が変わったような気がする。

どんなに清純そうな顔をしていても、ひと皮剝《かわむ》けば、女はみなドスケベで……。

「原島課長」

呼ばれて振り向いたら、その春美が店の入り口に立っていた。

「お、おお……小玉さん」

声がうわずったのを咳払《せきばら》いでごまかした。

春美はいつも通りの大きな眼鏡で、こちらを覗き込んでからニコッと笑う。

「課長はお弁当、何にしたんですか？」

「えっ、いや、いつもの唐揚げ弁当だよ」

答えたときに、ちょうど奈々が弁当の袋をあげて、

「唐揚げ弁当の方ーッ」

と呼んだので、凜太郎は財布を持ってレジ前に行き、お金を払って弁当の袋を受け取った。

袋の中には、唐揚げ弁当の他に、頼んでいないシューマイと春巻の単品がパックで入っていた。

店の入り口に立っていた春美が、奈々と凜太郎を交互に見て、ちょっと首をかしげ、それから凜太郎に言った。

「私、コンビニでお昼を買うことにします。一緒に出ましょ」

「は？」

なんだかよくわからないが、弁当の気分じゃなくなったらしい。

「でもここまで来て……」

「いいんです。今日はお弁当の気分じゃないなあって思ったから」

「ふーん」

女心はよくわからない。

社内に戻る道すがら、奈々の言った備品盗難の理由を切り出してみた。

「不倫の腹いせ……ですか」

「坂戸さんとは来週、出張で金沢で開催される展示会に一緒に行くことになっているんだ。会社では話せなくても、いつもと違う環境なら話してもらえるかもしれないし」

「それをネタに脅したりしないでくださいね。枕を強要するとか」

春美が軽口を叩く。このところ、春美も凜太郎に対してだいぶ慣れてきたのか、こんなイジり方をするようになっていた。

「しないよ、そんなこと。それにふたりきりじゃなくて、岩下も一緒に行くんだから」

「なら安心」

春美がニコッと笑う。

「それに部下だし」

「でも見境なさそうですけど」

どうもこのところ春美からの当たりがキツいような気がする。

何が原因かはわからないけれど。

2

翌週。

「おっ、星四つ！　ここ美味しいって評判すよ」

岩下がスマホを見せてきた。

北陸新幹線の車内は空《す》いていたので、座席を向かい合わせにして、向かい側に岩下、その隣に美香子という三人で座った。

金沢での防犯設備の展示会には、セルック名古屋支社もブースを出展することになって、凜太郎と美香子、そして岩下が行くことになったのだ。

岩下は金沢に行ったことがないというから、ずっとウキウキしている。名古屋から敦賀《つるが》までは特急で移動したのだが、そのときからずっとこの調子である。

「岩下くん、修学旅行じゃないんだから」

隣に座る美香子がぴしゃりと言った。

「はーい」

渋々スマホをしまう岩下と、やれやれとため息をつく美香子は、できの悪い弟と、しっかり者の姉のようで微笑ましい。

凜太郎は斜向《はすむ》かいに座る美香子を、ちらりと盗み見る。

坂戸美香子は三十四歳で独身、社宅の単身者用ワンルームに住んでいる。

春美いわく、去年まで別のマンションでひとり暮らしをしていたが、年明けになって今の社宅に引っ越してきたらしい。

理由は不明だ。

「原島課長、商品説明は大丈夫ですよね」

岩下を遊びじゃないと窘《たしな》めたついでに、美香子は上司である凜太郎にも一言釘を刺してきた。

「うん、多分大丈夫だと思う。ここ何日かで商品の取説《とりせつ》を読み込んだから」

「多分では困ります」

切れ長の目で睨まれると、ちょっと怖い。

上司としての威厳も、彼女の前では形無《かたな》しである。といっても最初からそんなものはないのだが。

「あ、ああ。あとでもう一回、資料を読んでおくよ」

怒られて憂鬱《ゆううつ》になった。

美人だが、やはり性格的に温厚な凜太郎には、ちょっとキツい。

「お願いしますね」

そう言った彼女も、今日の展示会のブース資料を読みはじめる。

(まいったな。こんな調子では会社の備品のことなんか切り出せないよなあ)

取説を読んでいたら眠くなってきた。目の前の岩下も舟をこぎはじめている。

うつらうつらしながら美香子の顔を盗み見る。

年齢は三十四歳と凜太郎よりひとつ下だが、二十代に見えるほど若々しい。

ふわっとウェーブさせた栗色の髪を肩まで伸ばし、切れ長で涼《すず》やかな瞳。

目鼻立ちが整っていて、いわゆる正統派の美女であるが、怒ると顔が整っているだけに冷たい印象を与えてしまいがちだ。

魅力的なのは顔立ちばかりではない。

すらりとしたモデルばりのスタイルのよさで、いつも身体のラインが出る細身のジャケットや、ミニのタイトスカートを身につけて、そのプロポーションのよさをアピールしている。

今日もテーラードジャケットにミニのタイトスカートだ。

白いブラウスの胸元の丸みや、タイトスカートから見える太ももは肉感的で、目のやり場に困ってしまう。

(これで独身なのか……それにしても、やっぱり不倫とかする感じでもなさそうなんだけどな、しっかりしてるし……)

仕事中は凜とした表情を崩さない。それでいてプライベートも謎だから、話の取っ掛かりがないのだ。

そんなときだ。

「あっ」

彼女が鞄から出そうとした物を床に落としてしまった。

見ると、小さなポーチだった。

ポーチのファスナーに、子どもに人気のクマのキャラクターのキーホルダーがついていて、凜太郎は「えっ？」と思った。

「あ、ごめんなさいっ」

美香子が前屈みになって、ポーチを拾おうとした。

白いブラウスの胸のふくらみが揺れる。

(思ったよりも、おっぱいあるんだな……)

いつも美貌やスタイルのよさに目がいっていたが、胸元も女らしい甘美なふくらみを見せている。

彼女はポーチを拾うと、すぐ隠すように鞄にしまう。

顔が赤い。子どもっぽいキャラクターグッズを見られてしまって、ばつが悪いという感じだ。

(逆に、親しみやすくていいと思うけどな)

フォローしようと、凜太郎はおそるおそる話しかけた。

「ウチの子もそのキャラクターのグッズを持ってるよ。人気だよね。俺も娘の影響で好きなんだよ、アニメも見てるし」

そうですか、とあっさり流されるかなと思っていたら、

「あの……私、昔から好きで……持っているとリラックスできて、仕事がうまくいくってジンクスが」

恥ずかしそうに言い訳する彼女の顔がまた赤くなる。

彼女の口から「ジンクス」という言葉が出るとは意外だった。

いつも自信満々で、神頼みとか験担《げんかつ》ぎとか、そういうものには一切興味がないのかと思っていたのだ。

「あるよね、そういうの。俺も大事な商談のときは勝負靴下とか履《は》いてるし」

「今日も履いてらっしゃるの?」

「いや、ピンク色だから、あんまり人には見せられなくて」

そう返すと、美香子がクスッと笑った。

あまり見たことがなかった美香子の笑顔は、すごく愛らしい。

(なんだ、可愛いところもあるじゃないか)

真面目でキャリア志向の強い女性ではあるが、本来はわりと気さくなのかもしれない。

「こう見えて私、ジンクスとか験担ぎとか気にするタイプなんです。仕事となると不安ばかりで……昨日だって、家でずっと今日のこと考えて、なかなか眠れなかったんですから」

意外な言葉に凜太郎は驚いた。

「そんな風には見えなかったな」

「だから部下にも、つい口うるさく言っちゃって。けむたがられているのはわかってるんですけど……」

「そんなことないよ。バリバリ仕事してプライベートも充実してて……坂戸さんみたいになりたいって憧《あこが》れてる若い女子社員が多いって聞くよ」

「プライベートなんて充実してないです」

と美香子は笑いながら、ペットボトルの蓋《ふた》を開けて、ぐいっと呷る。

凜太郎は、あれ？　と思った。

（なんだか今、微妙な表情だったたな）

一瞬だったから見間違いかもしれないが、彼女はプライベートなことはやはり詮索《せんさく》されたくないようだった。

「ねえ、原島課長。仕事の話をしていいかしら。資料のここなんですけど、気になるので」

「えっ……？　あ、どこかな」

美香子が仕事のことでアドバイスを求めてくるなんて珍しいことだった。

資料を覗き込む。

美香子の栗色の髪から、ふわりと甘い香りが漂った。

さらに香水なのか、濃厚なフェロモンを身体から振りまいている。

高級そうなシャンプーや香水を使っているんだなと思いつつ、資料に目を落としたら、その下の太ももが目に入った。

（やば……っ）

美香子は説明に気を取られて、ミニスカートがズレあがって太ももの大半が露わになっていることに気づいていないようだ。

しかもだ。

両膝がわずかに開いたままなので、太ももの内側が見えてしまっている。

（し、下着が……み、見えそう……）

普段は隙のまるでない美人キャリアウーマンだ。

そんな彼女のパンチラを拝めたら、一生モンだ。

（い、いや……バレたら怒られるぞ……）

と思っても、つい太ももに目がいってしまう。

「なんか仲いいっすね、いいなあ」

向かいに座っていた岩下が言った。

寝ていたはずだが、いつの間にか目を覚ましていて、口元のヨダレを手の甲で拭《ぬぐ》っている。

「バカなこと言ってないで。ほら、あなたも資料を読んで。説明しないといけないんだから」

美香子は岩下に向かって言いながら、少し緩んでいた表情をキリッと引き締めて、膝を閉じるのだった。

3

展示会は滞《とどこお》りなく終わった。

それはよかったのだが、イベント主催者がセッティングしてくれた、情報交換を兼ねた打ち上げに軽い気持ちで参加したのがまずかった。

立食形式の一次会が終わると、地元企業の人たちに誘われて二次会の居酒屋に移動したが、どうもその会社の人たちは、いろいろ鬱憤《うっぷん》が溜まっているようで、早々に愚痴の言い合いが始まった。

「前社長が急死してからもう、大変だったんですわ。ウチは零細《れいさい》で社長がワンマンだったもんですから」

浅黒い顔に角刈りの、地元企業の営業マンがぼやく。

すると同じ会社の若い社員たちも、真面目な顔でうんうんと頷《うなず》いていた。

「急死って？」

岩下がチーズを囓《かじ》りながら、なんの遠慮もなくストレートに聞き返す。

営業マンが声をひそめる。

「心筋梗塞《しんきんこうそく》です」

「何の予兆《よちょう》もなかったんすか？」

岩下がまるで地元の先輩に接するような態度で訊いた。

まったく、こいつには配慮とか、忖度《そんたく》とか、そういうものがないのか。

しかし相手方はいやな顔ひとつせずに、きちんと答えてくれた。

「別に悪いところもなくて、見るからに健康体だったんですけどね」

「え？　じゃあ、なん……」

「突然死ですわ」

営業マンがあっさり言う。

凜太郎は特に気にも留めずにビールを飲んでいたが、怪しげなワードが気になってきて興味本位で尋ねた。

「突然死というのは……」

「それはまあ……その……まあ、愛人と出かけた旅行先でのことなんで……」

苦笑いを浮かべた営業マンが、言葉を選びながら答えた。

（愛人……突然死……それって、もしかして……腹上死？）

凜太郎はもう訊くなと、岩下に目配せしたつもりだったが、その意図はまるで通じなかった。

「愛人ってことは、不倫じゃないっすか。愛人と行った旅行先で突然死って、なんかサスペンスドラマみたいっすねえ」

テーブルの下で、岩下の脛《すね》を蹴ってやった。

岩下はこちらを向いて、きょとんとした顔をした。

「お恥ずかしい話、まあ……表にも出せない話で。しかも会社の金をどうやらその愛人に貢《みつ》いでいたらしく、もうずっとてんてこまいですわ」

営業マンが力なく笑った。

どうやら誰かに身内の恥を愚痴りたかったようだ。

こちらは気の毒で聞くのを止めたくなっていたのだが、岩下は興味津々だ。

「うわー、きついっすね。いくらくらい貢いでたんすか？」

もう一度脛を蹴ってやった。岩下は「原島課長、靴が当たってますよ」とまったく意に介《かい》さない。

（それにしても、どこもかしこも不倫かよ……）

このところそんな話ばっかりだ。

地方ってのは、こんなに乱れているんだろうか。

《たとえば、社内で不倫してる相手を困らせたいとか？》

ふいに奈々の言葉を思い出して、横に座る美香子を見た。

彼女はなんとなく寂しげに見えるけど、本当のところはどうかわからない。

不倫ではなくとも、何かしら彼女に悩みがあるのは確かだ。たとえ持ち出された備品が高価ではないにしても、上司としてはこのまま見過ごすわけにはいかない。

結局、地元企業の営業マンたちの愚痴は延々と続き、深夜にようやくお開きになった。

岩下がずけずけと訊いてくるのが逆に面白かったらしく、意気投合してかなり飲まされた岩下は、歩くこともままならなくなったので、タクシーで先に旅館に帰した。

美香子も結構酔っていたので、一緒に乗って帰ろうと言ったのだが、

「風が気持ちいいので歩いて帰りたい」

と言うので、こうして深夜の金沢散歩となったのだ。

(確かに歩くのも悪くないな)

金沢は、その風情《ふぜい》ある街並みを称して「小京都」と呼ばれている。

確かに加賀百万石の城下町の風情を色濃く残す茶屋街や武家屋敷跡の佇まい

は、趣《おもむき》ある風景だった。

夜になれば京都ほど観光客もおらず、こうしてシンとした静かな街並みを酔い醒ましに歩くのは気持ちがいいものだ。

（しかも、隣は部下とはいえ、社内ナンバーワンの美人だしな……）

横を歩く美香子をチラ見する。

肩までのふわっとした栗色の髪が夜風になびき、甘い香りがかすかに漂ってくる。

瞳は酔ってとろんとしていて、いつものキリッとした雰囲気がなくなり、今夜はやけに色っぽい。

タイトミニの布地越しの肉づきのよいヒップは、女盛りの熟れっぷりといやらしさを隠しきれない。

パンプスの似合う引きしまった足首。

ミニスカートから覗くムチッとした太もも。

さらにはブラウスとジャケットを盛りあげる胸のふくらみ……。

細身で、モデルのようなすらりとしたスタイルではあるが、かといって細いばかりではない。女性らしいメリハリのきいたボディで、熟れた肉体の魅力がある。

美香子が聞いたら怒るだろうけど、連れて歩くには最高の女性だ。

(美人でスタイルがいいってだけじゃない。本当の性格はわりと親しみやすいしなあ)

行きの新幹線でプライベートなことを話してくれたので、先ほどの居酒屋でも気さくに話ができた。

これまではちょっと壁があったが、今日でだいぶうちとけられた。来てよかったと思う。

「気持ちいいですね、夜風が」

ふいに美香子がこちらを向いた。

「えっ? あ、ああ」

美香子を横目で見ていた凜太郎は、慌てて空を見あげた。

「さ、寒くないかな?」

彼女は頬を赤らめて小さく首を横に振ると、若干距離を詰めてきたので、凜太郎は戸惑った。

(いやいや、同じ会社の同僚だぞ)

こんな美人が、妻帯者の自分に好意を持ってくれるわけがない。

このところいい思いが続いているものの、さすがにそこまで自惚《うぬぼ》れてはいない。美香子は酔っているだけなのだ。

黙っているのも気まずいから、凜太郎は適当な話題を振った。

「結構飲めるんだね。普段から飲んでるの？」

美香子は小さく首をかしげた。

「ううん。ひとりだとそんなに。お酒も強くないし……今日はちょっと……珍しいっていうか」

美香子はフフッと笑った。どこか寂しげな笑顔だ。

「出張だから、ちょっと開放的になった？」

「そういうわけじゃないけど。原島課長はどうなんですか？　家ではひとりで飲むの？」

「ああ、まあ、少しは飲むかな。東京の自宅では毎日飲んでたけど」

「愛する奥さんや子どもと離れて単身赴任なんて、寂しくない？」

美香子が切れ長の目を細めて見つめてくる。

街灯に照らされた、ほんのり赤らんだ顔がセクシーだった。

「子どもと会えないのは寂しいね、確かに」

「お子さんはおいくつ？」

「十二歳。そろそろ父親を鬱陶《うっとう》しく思いはじめる時期だろうから、単身赴任も、ちょうどいいタイミングだったかもしれないな」

「息子さん？　娘さん？」

「娘さ。ちょうど生意気盛りで、反抗期に入りたてってところかな。坂戸さんも十代の頃は、父親に対してそういう時期があっただろ？」

「そうねえ」

美香子が夜空を見あげて言った。

頭上には大きな月が浮かんでいる。

「私の場合、両親が離婚して、母子家庭で育ったんです……。思春期の頃は父親がいなかったから」

「えっ？　あ、ああ、そうだったのか、ごめん」

悪いことを聞いたなと謝ると、「気にしてませんよ」と美香子はあっけらかんと答えた。

「だから父親のことを鬱陶しいとか、そう思ったことは一度もなくて。むしろ父親がいたらどんなだったのかなって……。私、きっとファザコンなんだと思います。今までつき合った男性も年上ばかりだし」

「そ、そうなんだ」

珍しくプライベートな話を美香子からしてきたので、焦ってしまう。

「変な話しちゃって、すみません」

「いや、そんなことないよ。しかし年上ばっかりか。なかなか年上で独身を見つけるって難しいんじゃない？」

何気ない言葉で美香子が視線を落としたので、ハッとした。

「いやいや、不倫とか、そういうことを言ったわけじゃ……」

「課長は不倫したこと……あるんですか？」

「えっ？」

美香子が覗き込んでくる。

息がつまりそうになった。

「な、何を……」

「あるんだ？」

美香子が意地悪そうな顔をした。

やはり、酔っているようだった。

「な、ないよ、あるわけがない」

ふいに奈々のことが頭に浮かんだが、あれはその……仕方なかったのだと自分で自分に言い訳した。

美香子はウフフ、と色っぽく笑った。

「でも、総務課の小玉さんと怪しいって、一部の女性社員の間では噂になってますよ。あまり社交的じゃない彼女が、原島課長とよく一緒にいるって」

ギクッとした。

「いや、あれは……業務の相談を……」

「社内不倫はつらくなるから、やめといた方がいいですよ」

「へ？」

美香子はぽつりと言って、また空を見あげる。

なんだか、やるせないという表情だ。

（まさか……本当に不倫をしてるのか？　しかも社内で？）

この流れで備品のことを切り出そうかと思ったが、やはり訊けなかった。

年上、ファザコン気質……。

もし社内不倫をしているとしたら、誰だろう。そんな包容力のありそうなイケオジなど思い浮かばないが……。

旅館が見えてきた。

四階建てのこぢんまりした建物だ。川沿いにあって、ほんのり温泉の匂いが漂ってきた。

敷地内に入ったときだ。

美香子が石畳《いしだたみ》でつまずき、倒れかかってきた。

「あっ」

反射的にギュッと抱きしめてしまう。美香子のふくよかさを身体に感じた。華奢《きゃしゃ》でスレンダーなのに、こうして抱きしめると、二の腕も乳房も腰つきにも女性特有の丸みと柔らかさを感じる。

「ごめんなさい」

美香子がじっとこちらを見あげてくる。

切れ長の瞳が潤《うる》んで、恥ずかしそうに頬を赤らめている。

どくんっ、と心臓が早鐘《はやがね》を打つ。

そのときだった。

美香子がふいに唇を押しつけてきた。

凜太郎の頭は真っ白になる。

(えっ⁉　ウソだろ……)

彼女はすぐに唇を離して、恥ずかしそうに視線をそらした。

(こ、これは……。やはり寂しいのか……)

だめだ。部下だぞ。

そう思っても、これほどの美しい女性からキスされて、凜太郎は正気ではいられない。それに、ひとりにしておけない雰囲気なのだ。

「あ、あの……部屋で、もう少し飲もうか……」

凜太郎が言うと、美香子はうつむきがちに小さく頷いた。

もちろん男の部屋に行くのだから、ただ飲むだけでは終わらないとわかっているはずだ。それでも彼女は頷いてくれた。

旅館に入り、一階のエレベーター前に立つ。

エレベーターが到着すると、ふたりで乗り込み、四階のボタンを押した。

旅館は四階建てで凜太郎は四階に、美香子は三階に部屋がある。美香子が三階を押さないことに興奮しつつ、エレベーターが閉じると、美香子はギュッと手を握ってきて、そのまま肩に頭を乗せるように身を寄せてきた。

（こ、このまま坂戸さんと……セックス……こんな美人と……）

興奮が理性を軽く凌駕《りようが》していた。

彼女を抱いたあとの会社での気まずさなんか、どうでもよくなっていた。

ふたりで無言でいると、二階でエレベーターが止まりそうになった。慌ててふたりは身体を離して距離を取る。

「あれぇ？　お疲れ様です」

岩下が真っ赤な目をして、ろれつのまわらない口で挨拶しながらエレベーターに乗り込んできた。手には水のペットボトルがある。

「おい、大丈夫かよ」

凜太郎が訊くと、岩下はふらふらしながらも、

「らいじょうぶれす」

とまったく大丈夫でない口調で返してきた。

「あれ？　坂戸係長って確か三階れすよね。なんれ押してないんすか」

言いながら、岩下が三階のボタンを押した。

凜太郎は美香子とちらりと目を合わせるも、彼女は愛想笑い、というか苦笑い

をしていた。

すぐに三階でエレベーターが止まる。

「岩下くん、ありがと」

美香子は岩下に声をかけたあと、ちらりとこちらを見て、三階で降りてしまった。

「おやすみなさーい」

岩下が美香子に向けて、大げさに手を振った。美香子は苦笑いしながら、手を振り返してくる。

（ああ、坂戸さん……）

無情にもドアが閉まる。

「美人れすよねえ、坂戸係長って。いいなあ、つき合ってる男がうらやましいっすよね。いや、一度でいいからお願いしたいらあ」

岩下がへらへら笑ったので、とりあえず軽く頭を叩《はた》いておいた。

（おまえさえ乗ってこなきゃ、そうなれたんだよ、こっちは）

四階でエレベーターのドアが開き、陽気な男は奥の方の部屋に向かって、ふらふらしながら歩いていった。

4

（あーあ、もったいなかったなあ……。いや、これでよかったのか……）

あのまま美香子がこの部屋に来るはずが、邪魔が入ってしまった。

電話かLINEで呼び出そうかとも考えたが、おそらくそこまで必死だと逆に引かれると思い、断腸《だんちょう》の思いでやめておいた。

もしかしたら、美香子の方から、

「部屋に行きます」

と連絡してくるかと思って、しばらく部屋で缶ビールを飲みながら待っていたが、結局連絡は来なかった。

こちらから連絡すべきだったか？

いや、やはり必死すぎるとドン引きされてしまうだろう。

上司と部下の社内不倫。

さすがにそれはまずい。これでよかったんだよ。

そう自分に言い聞かせるも、やはり後悔先に立たず。未練たらたらのまま凛太郎は浴衣《ゆかた》に着替えて、浴場に向かった。

この旅館は渓流沿いに野天風呂があり、湯浴《ゆあ》み着《ぎ》を身につければ混浴もできるという珍しい温泉旅館だ。

野天風呂の入り口まで来たら、スタッフの女性が「本日終了」と書かれたカラーコーンを入り口に立てているところだった。

「ありゃ、もう終わりですか？」

入浴の終了時間があったのかと訊くと、スタッフのおばさんは人懐《ひとなつ》っこい笑顔で、

「折角ですから、お客さんで最後にしましょうか。どうぞごゆっくり」

と言って通してくれた。

木造の脱衣所は男女で入り口が分かれている。

簀《す》の子《こ》を敷いた脱衣所で湯浴み着に着替えようとしたのだが、従業員も「最後の客」と言っていたから、どうせ誰もいないだろうと、すっぽんぽんで野天風呂への引き戸を開けた。

（おっ、すげえな）

開けた瞬間、柔らかな湯気が凜太郎の身体を包み込んだ。

広い岩風呂に小さな明かりがついていた。

人影は見えない。

真っ暗でよく見えないが、川のせせらぎが聞こえる。

(あのまま寝ちまわないでよかったなあ)

まだ酒が残る中、かけ湯をしてから熱い湯に首まで浸かると、たちまちアルコールが抜けていった。

(ああ、気持ちいい)

泉質もいいような気がする。

「ふう」と大きく息をついて、湯で顔を洗っていると、冷たい風が吹いて湯煙《ゆけむり》をさらっていった。

すると、岩場の向こうに人影があって凜太郎はギョッとした。

(だ、誰か入ってたんだ……)

髪を後頭部でアップにしている女性だ。

一応混浴と書いてあるから、男が入ってくる気構えもできているとは思うのだが、やはり居心地が悪い。

湯に浸かりながら、中腰で端の方に移動していると、

「あっ、原島課長?」

「えっ？　あっ、坂戸さんか」

ホッとすると同時に緊張が高まった。

彼女は胸まで隠す、薄茶色の湯浴み着を身につけていたが、こちらはすっぽんぽんである。

（ま、まずいな）

慌てていると、美香子が恥ずかしそうに切り出した。

「最後だって言われたから、入ってきちゃって……」

「あ……俺も最後って言われた」

「え？」

あのおばさんも適当だなあ。でもさすがに「本日終了《クローズ》」の札をつけたカラーコーンを脱衣所の前に置いていたから、もう誰も入ってこないとは思うが……。

「あはは……それにしても、いい温泉だね」

「ええ……お湯もすべすべで……」

彼女はぎこちなく笑い、空を見あげた。

凛太郎も同じように夜空を見る。星がキレイだ……などという余裕はなく、この状況をどうしたらいいかと必死に考えた。

(元々部屋まで来てくれるはずだったんだ。このまま混浴しながらそばに行っても……)

そう思うのだが、なかなかその勇気が出ない。

しかも相手が美人となると、気後れしてしまう。

川のせせらぎ以外、何も聞こえなかった。

「あの……そっちに行ってもいいですか？」

いきなり言われて、飛びあがりそうなほど驚いた。

「も、もちろんっ」

湯浴み着の美香子が岩風呂の中で立ちあがり、恥ずかしそうにしながら湯の中を近づいてくる。タオルで前を隠しているものの、湯浴み着の胸のふくらみの中心にポッチが浮いていた。

(さ、坂戸さんの……乳首っ……)

湯の中でイチモツが硬くなる。慌てて手で隠して岩を背にしたまま、ちょっと前屈みになる。

美香子が凜太郎の前まで来たときだった。

「キャッ！」

足を滑らせた美香子が、湯の中で抱きついてきた。

（う、うわっ！）

薄い湯浴み着越しに、美香子の柔らかなボディを肌で感じた。想像以上にボリュームがあって、凜太郎は岩を背にしたまま固まってしまった。

彼女の肌はどこもかしこもすべすべで、硫黄《いおう》に混じって女性の肌の甘い匂いが鼻先をくすぐってきた。

肩や腕は丸っこくて、ぷにぷにしている。薄い湯浴み着越しに押しつけられた胸のふくらみが柔らかかった。

「あっ、えっ……？」

見あげてきた美香子の瞳が濡れている。

凜太郎は唾を呑み込んだ。

見とれてしまうほどの美貌である。スタイル抜群で、それでいて三十四歳の適度に脂の乗ったムッチリさも兼ね備えている。

これほど美しい女性と温泉の中で密着して、冷静でいられる男なんて、この世にいない。

美香子がすっと目をつむる。

(こ、これは……もう……い、いいんだな)

震える手で彼女を抱きしめながら、凛太郎はそっと唇を押しつけた。

「んふっ……ううんっ……」

早くも彼女は舌を入れてきて、凛太郎もからめていく。

(やっぱり。一刻も早く欲しかったんだな)

だったら、もう遠慮はいらない。こちらも肩透《かたす》かしを食らい悶々《もんもん》としていたのだ。

美香子の湯浴み着の裾をまくりあげて脱がし、湯に浮かぶ胸のふくらみへと右手を伸ばして揉みあげた。

「んっ……」

口づけしながらも美香子の口から甘い吐息が漏れ、ピクッと身体が震えて小さく湯が跳ねる。

(可愛い反応じゃないか)

キスをほどいて見れば、湯船に浮かぶふくらみは、静脈が透けて見えるほどに白く、乳輪がぷっくりと盛りあがっていてエロかった。

「いやだ、そんなにじっと見ないでください」

あのキリッとした、どこか近寄りがたいほどの美人が、エッチのときはこうして可愛らしいところを見せてくる。

興奮し、凜太郎は温まった乳房を揉みしだく。

そして指が美香子の乳首をかすめると、

「あんっ」

美香子の口から喘《あえ》ぎがこぼれ、裸体が湯の中でピクッと震えた。

(かすっただけなのに……乳首が感じるんだな)

だったらと、湯で温まったピンク色の乳首を指で軽く捏《こ》ねると、

「ああん……」

しどけない声を漏らした美香子が顎をそらした。

目を細め、つらそうにしている表情は、会社で見せる表情とは別人のようで、とてもいやらしい。

凜太郎は夢中になっておっぱいを下からすくってみたり、強く握ったりしながら、乳首を指で揺らしたり弾いたりしていると、

「あんっ……だめっ……おっぱいばっかり……」

と、彼女はいやいやと首を横に振るも、薄いピンクの乳頭部がシコってきたの

が指先を通じてはっきりわかる。

「だめって、でもここが感じるんだろう？」

煽《あお》り立てて、今度は右の乳首を捏ねると、

「いやっ、エッチ……課長って、こんなにエッチだったのね」

イタズラっぽい笑みを浮かべて、美人ＯＬが拗《す》ねた顔を見せる。

（おお、可愛い！　まさか俺があの坂戸さんとこんな関係になるなんて。信じられない）

社内で美香子ファンの男性社員はかなり多い。

そんな高嶺《たかね》の花と、誰もいない夜の温泉で裸でイチャイチャしているなんて、バチが当たりそうだ。

でも彼女は欲しがっている。

ならば、その期待に応《こた》えるのが男の役目だ。円柱形にせり出した乳首を軽く口に含んで吸った。

「あっ……だめっ……いやっ……」

と言いつつも、膝立ちで温泉に浸かった彼女が腕の中で身をくねらせる。

さらに強くチューーッと吸うと、

「ぁあああん……」

何とも気持ちよさそうな喘ぎを見せ、ついに顔を大きくのけぞらせた。

ふたりとも、すでに汗まみれだ。

美香子の顔はピンク色に上気して、汗粒が額や首筋ににじんでいる。

「ああん、課長……私にもさせて……」

そんなとろけ顔を披露しながら、美香子は湯の中にある凜太郎の股ぐらに手を伸ばして、硬くなった性器をそっと握ってきた。

5

美香子は湯の中の勃起をシゴきながら、胸板に顔を寄せてきた。

凜太郎を岩に押しつけるように裸体を預けてきて、乳首にチュッ、チュッとキスをし、舌先でなぞってくる。

「うっ……」

くすぐったい。思わず悶《もだ》えてしまう。

「ンフッ……課長って敏感なのね……オチンチンもビクビクしてる……」

美人の美香子から、いやらしい言葉責めを受ける。

彼女が淫らな言葉を口にするのも驚きだが、こうして男の性感帯を巧妙に刺激してくるやり方にも驚いた。

「気持ちいいよ。たまらない」

不倫相手にもこういうことをしているのだろうか。

美香子は乳首をさらに甘嚙《あまが》みし、いきり勃《だ》ちをシコシコと優しくさすりながら言う。

「よかった。うふっ、久しぶりだから、私……」

「つき合っている人はいないの……？」

ふいに美香子の人差し指が、凜太郎の唇に押し当てられた。

「そういうことは訊かないで……」

「ああ、ごめん」

謝ると、美香子は色っぽく口角《こうかく》をあげて見つめてくる。

「じゃあ今だけ……課長に恋人になってもらおうかな……だめですか？」

信じられなかった。

こんな美人から、恋人になってとささやかれるなんて……。

美香子がまたキスしてきた。

今度は最初から舌をからませるベロチューだ。

すべすべの肌を抱き、甘い唾《つば》やねっとりした息づかいを感じていると、湯の中で股間が痛いほど漲《みなぎ》ってきた。

（恋人同士か……坂戸さんと……）

恋人ならばイチャイチャして、ゴムなしのチンポをアソコに入れ、思うぞんぶん精液を流し込む。

そんな下劣《げれつ》な妄想をしながら薄ピンクの乳首をひねり、さらにはキスをほどいて、乳首に舌先を走らせた。

「はああっ……ああんっ……か、課長……凜太郎さんっ」

美香子は気持ちよさそうにのけぞり、色っぽい吐息を続けざまに漏らす。

名前で呼んでくれたのがうれしかった。

その感じ方が悩ましくて、凜太郎はしつこく舌先を動かしつつ、もう片方の乳首を捏ね続けた。

そのうちに、美香子の様子が変わってきた。

「ん、あっ……あっ……ああ……だめっ……」

声がさらに幼く、高いものになってきて、表情が今にも泣き出しそうな切実なものに変化した。

「可愛いよ、美香子っ」

名前で呼ぶと、美香子はうれしそうにギュッと抱きついてきて、

「ねえ、立って」

と甘えるように言う。

恥ずかしかったが、思いきって立ちあがると、自分でも驚くほど股間は雄々《おお》しく持ちあがっていた。

「凛太郎さん……あんっ……こんなに……すごく大きい」

膝立ちの美香子は白い歯を覗かせると、赤い舌を出して股間に顔を寄せ、ためらいなく尿道口を刺激してきた。

さらに美香子は竿《さお》を上に向かせ、下から潜り込むような体勢で裏筋をツゥーッと舐めあげてきた。

「ううっ……」

凛太郎は背後の岩に身体を預け、両脚を震わせる。

さらに亀頭冠《きとうかん》の裏を舐められた。

「おっ……あっ……くぅっ……」

あまりの刺激に腰をガクガクと揺らすと、美香子は目を細めて口角をあげる。

「気持ちいい？」

「あ、ああ……気持ちよすぎる」

「ウフフ。凜太郎さん、可愛い。もっといじめたくなっちゃう……」

そう言うと、美香子はいよいよ分身を頬張ってきた。

「くうっ……」

あったかい口中に包まれるだけで気持ちいいのに、ゆったりと顔を前後に動かして、肉竿の表皮を唇で摩擦《まさつ》されると、いきなり昇天《しょうてん》しそうになる。

(気持ちよすぎるっ……彼女がこんなに奉仕好きだなんて……)

父親を知らずに育って、ファザコンっぽいと自分で言うくらいだ。

おそらく年上の男に尽くしたい願望があるのだろう。

美香子の舌や唇の感触を味わっていると、さらにそこにしなやかな指による手コキも加わった。

「おっ、おお……」

根元を軽くシゴかれ、さらには亀頭部を吸われる。早くも熱い塊《かたまり》がこみあげてきた。

「くうっ……だ、だめだ……」

訴えると、美香子はちゅぽっと肉竿から口を離し、

「ウフフ、出してもよかったのに」

と切れ長の目を細めて、うっとりした表情で、淫靡な台詞を口にした。

「いや……でも……本当は欲しいんじゃないのかい。これを」

真面目に言うと美香子は湯の中から立ちあがり抱きついてきて、

「……エッチ……」

と耳元でささやき、チンポを手で弄《もてあそ》びはじめた。

「ああ、そ、そんなにされたら……もうもたないよ。美香子、この岩に両手を突いてお尻をこっちに向けてくれないか？」

美香子は恥ずかしそうに顔を赤らめて、言われた通りに前屈みになって岩に両手を突いた。

自然とこちらに尻を突き出す格好になって、凜太郎はしゃがんで、ぷりんとした白い尻に顔を近づける。

硫黄の匂いのする柘榴《ざくろ》のような淫唇《いんしん》の上に、わずかにセピア色の小さな窄《すぼ》まりが見えている。

ふっくらした薄桃色の女の花もキレイだが尻の穴も美しかった。

（美人は排泄の穴まで魅力的なんだな……）

そう思うと、妙な興奮が増した。

誰が見ても美人でスタイルのいいデキる女を、男は辱《はずかし》めたいものだ。

凜太郎は大きな白い尻たぶを手でぐいと左右に広げて、顔を埋め込んだ。

「あンッ……」

その穴を愛撫されるとは思わなかったのだろう。美香子は驚いたように伸びあがった。

「えっ……ああっ！　だ、だめっ……そんなところ、やめてっ」

「どうして？　ここもキレイじゃないか」

幾重ものシワを集めた窄まりが息づいている。

その可憐《かれん》にひりつく排泄の穴に、尖《とが》らせた舌先を押し込むと、

「い、いやっ」

美香子はビクッとして、腰を逃がそうとする。

だが、けして逃がさないと豊かな尻を押さえつけ、さらに肛門を舐めまわした。

わずかだが、舌先にぴりっとしたものを感じたが、不快ではない。むしろこんな美人の尻の穴を舐めている昂ぶりに拍車《はくしゃ》がかかる。

窄まりをつつき、尻割れ全体にもねろりねろりと舌を走らせると、いつしか美香子の気配が変わってきた。

「ああんっ……ああ……はああっ……」

と甘い鼻声を漏らして、もっともっと、という風に尻をくねらせてきたのだ。

(ここも感じるんだな)

さらに舌を横揺れさせて、排泄穴を上下左右に弾いてやる。

すると、

「ンッ……あっ……ああんっ……だ、だめっ……ああんっ……」

美香子が、がくん、がくん、と震えてのけぞる。

そしてついには、

「ああんっ……だめっ……もう欲しいっ……欲しいのっ」

と禁断のアヌス責めで昂ぶった尻をさらにせり出してきた。

(おお、坂戸さんからのおねだり……よ、よし……)

こちらも尻責めで興奮しまくって挿入したくなっていたから、ちょうどいい。

立ちあがった凜太郎は、岩に手を突いた美香子の背後に寄り添い、立ちバックの姿勢で硬くなったペニスを尻割れに当てると、

「あっ……」

と美香子が振り向いて、肩越しにうれしそうな表情を見せた。

眉をハの字にして、何かを期待しているかのような欲情を孕《はら》んだ目だ。

その期待に応えたい。いきり勃ちの根元をつかんで、美香子の尻の下部の穴に押し当てる。

入り口はとても窮屈《きゅうくつ》だ。

だがぐっと力を入れれば、その穴が押し広がる感覚があって、温かな内部にズブズブと嵌《は》まり込んでいく。

「あぁんッ！」

挿入の衝撃で、美香子はしたたかにのけぞった。

（ああ、ついに坂戸さんと……直属の部下のおまんこに……）

禁断の関係、背徳の契り。

しかし……いけないと思えば思うほど股間はいきり勃ってしまう。

（くううっ……坂戸さんの中……ぬるぬるしてるっ、気持ちいいっー！）

美香子の膣内は熱くぬかるんでいて、男根に媚肉が吸いつき締めつけてくる。

もっと奥までいけないかとグッと腰を入れる。

すると、ぬかるみをズブズブと穿《うが》って、切っ先が奥まで嵌まった。

「あ、あンッ」

美香子がクンッと大きく顔を跳ねあげた。

白くてなめらかな背中が官能的なカーブを描いて、肩甲骨《けんこうこつ》が美しく張り出した。

「凜太郎さんの……お、大きい……」

切羽《せっぱ》つまったような感じ入った声で、美香子が喘ぐ。

横から見れば、後ろで縛っていたはずの髪留めがほどけ、垂れ落ちたブラウンヘアの隙間から大きな瞳がとろんとして、妖しげに光っている。

少し動かしてみると、生き物のような襞《ひだ》が勃起にからみついてきた。

「くうっ……」

ちょっとこすっただけで気持ちいい。

凜太郎は立ちバックでいきなりフルに腰を使った。

「ああっ……！」

美香子がヨガリ声をあげて裸体を震わせる。

たまらなかった。

激しくピストンをすれば、濡れきった膣奥からは、あとからあとから愛液があふれ、淫靡な水音を奏《かな》でている。

凜太郎は美香子の細腰を両手でつかみ、さらに奥まで、がむしゃらに突いた。

「あっ！　あぁっ、あぁっ……そんな……だめっ……あぁんッ！」

力任せのストロークに、美香子は激しく身悶えして背中をのけぞらせる。

もっと突くと、

「あんっ、奥に……当たってるっ……」

振り向いた美香子が眉間に縦ジワを刻み、今にも泣き出さんばかりの悩ましい表情を見せてきた。

美人をバックから獣のように犯すのは燃えるが、しかし、そんな色っぽい表情で見つめられると、恋人同士のようにイチャつきたくなってくる。

凜太郎は一度ペニスを抜き、温泉の中であぐらをかいて、美香子をその上に座らせた。

対面座位という体位だ。

エロい体位でやりたいと思っていたのだ。

温泉の中で岩を背にして、美しい部下を抱っこしながら向かい合い、ひとつになって腰を突きあげた。

「あんっ……いやっ……」

美香子が恥じらい、真っ赤な顔をそむける。

(こりゃたまらん)

下から突きあげながら、女の感じた顔を鑑賞できる。なかなかドSな体位だった。

「ほら、こっちを見て。感じた顔をもっと見せて！」

煽ると、

「あんっ……ああん……凜太郎さん、エッチ……こんな、こんなの……」

突きあげられっぱなしの美香子がギュッとしがみついてくる。

おっぱいが目の前にあって息がつまる。

(うっ……や、柔らかいおっぱいが……つながったまま、おっぱいが顔を塞いでるっ……くうっ、息できないっ……も、もうどうにかなりそうだっ)

窒息してもいいと、ますます腰を激しく動かせば、

「ああんっ、あんっ……は、激し、あんっ、奥に、奥に当たってるっ」

美香子が強く抱きついてくる。

湯が、ぱちゃぱちゃと跳ねて顔にかかった。

突きあげと連動して、おっぱいも跳ねあがる。ようやく呼吸ができるようになると、乳房も可愛がりたくなった。

抱っこしたまま顔を動かし、おっぱいを舐めつつ突きあげていると、美香子が気持ちよさそうにのけぞった。

見あげれば、美香子の美貌はもうくしゃくしゃに歪《ゆが》みきっている。

「ああんッ、み、見ないでっ……」

美香子が恥ずかしそうに顔をそらして、イヤイヤするように首を振る。

同時にキュッと膣が搾《しぼ》られ、ペニスが圧迫された。恥ずかしいのに、興奮しているのだ。

「あっ、そ、そんなに締めたら……」

き、気持ちいい。

さらに激しく突きあげると、

「ぁああん……ダメッ、あっ、あっ……っ……恥ずかしいっ」

と言いながらも、ついには美香子の方からヒップをじれったそうに押しつけてきた。

ぐりぐりと対面座位で腰を動かされる。

たまらない。こちらも激しく腰を下からぶつけると、

「あん……いいっ……ああんっ……ああんっ、もっと……私のこと、メチャクチャにして」

美香子はギュッと抱きついてきて、濃厚なキスを仕掛けてくる。

(くうう、か、可愛いなっ)

フルピッチで下から突きあげると、

「ああんっ、だめっ、だめぇぇ！」

いよいよキスもできなくなった美香子が、差し迫った様子を見せてきた。ほどけた栗色の髪を振り乱し、とろんとした目がもっととろけ、色っぽい表情をつくっている。

こちらも限界が近い。

それでも必死に腰を突きあげれば、

「ああんっ、いい、いいっ……イクッ……イキそう……ねえ、イキそうなのっ」

美香子が今にも泣き出しそうな顔を見せてきた。

「ねえっ……出したいんでしょう？　私の中に……いいよ。心配しないで、いつでも出してぇぇ……」

「えっ……？」

驚いた顔を見せると、彼女は表情を歪めながらニコッとした。

「いいの。欲しいの……大丈夫だから」

優しくて甘い声だった。

（部下に中出しなんて……）

いけないと思いつつ、美香子の言葉を信じて、温泉の中で抱っこしたまま、彼女の身体が浮きあがるほど貫いた。

そのときだ。

「あんっ、あんっ……すごいっ……イッ、イッちゃう、ああん、だめえ！」

美香子が激しく喘いで大きく背中をのけぞらせた。

「ああっ、ああっ……凜太郎さんもきて、ねえ、出して……ほしいの、お願い……ダメッ、イクッ、イクッ……ああんっ！」

そして抱きついてきて、腰をガクンガクンと震わせる。

膣が痙攣し、ペニスの根元を搾り立ててきた。

甘い陶酔感が一気に訪れた。

「あっ……お、俺も……くううっ」

叫んだときにはもう、しぶいていた。

(坂戸さんの中に噴射してるっ)

全身の毛がざわめくほどの強烈な射精だった。

目も開けていられないほどの愉悦を感じながら、美香子を愛おしく思い、射精しながら彼女の身体を強く抱きしめるのだった。

第五章　処女OLの公開オナニー

1

金沢出張から帰った翌日。

始業時刻前に出社すると、細身のジャケットとミニのタイトスカートに身を包んだ美香子の姿があった。

カツカツとピンヒールの足音をさせて、颯爽《さっそう》と歩く様子は、いつも通りの仕事のできるいい女で、社内の男たちの視線を集めていた。

「おはようございます。原島課長」

こちらに気づいてニコッと笑う。

その仕草に、出張前とは違うただならぬ緊張を感じてしまう。

（したんだよな、この美人と……。しかも五回も……）

深夜の野天風呂で一回、さらには美香子の部屋に場所を移して、朝方まで美香子のいやらしい身体をむさぼり尽くして三回も射精した。

彼女は積極的にフェラチオをし、激しいキスを求めてきて、言った通りまるで恋人同士のようにイチャイチャしまくった。

そのままほとんど寝ずに昨日、金沢でいくつか商談をしたあと名古屋に戻り、社宅に直帰。そして彼女の自宅に誘われて、さらに締めの一回に及んだ。

今朝起きてもまだ、疲れが取れなかった。

だけど心地よい疲れだ。

いまだに、美香子のぬくもりや匂いに包まれているし、ふとしたことで美香子の色っぽい表情を思い出してムラムラしてしまう。

(しばらく彼女とはぎこちないだろうなあ)

と思っていたのだが……。

こうして美香子と会うだけでどうもムラムラしてしまう。

一方で美香子は、何事もなかったようにいつも通り接してくる。

さすがだと思った。

瑛子も奈々もそうだが、女性というのはなぜ愛し合った次の日、こんなにも平然としていられるのだろう。

いや、それどころかむしろ、美香子の表情はいつも以上に輝いて見えた。腰まわりも妙に充実しているような気がするが、それはこちらの思い込みかもしれない。

いずれにせよ、なんだかすっきりした顔をしているのは、野天風呂での最初のセックスを終えて美香子の部屋に行ったとき、すべてを告白してくれたからだろう。

「社内不倫？」

浴衣を着て美香子の部屋の応接セットに座ると、お茶を出してくれた美香子が話しはじめた。

「ええ。相手は妻子がいる人で、でも去年の年末にお別れしたんですけど……」

「どれくらい、つき合ってたの？」

「……八年くらい……」

「は、八年っ⁉」

思わず声が裏返ってしまった。

奈々の睨んだ通り、デキる女の美香子は不倫をしていたわけだが、それにしても八年とは長すぎる。

別れたのが去年の年末らしいから、備品がなくなりはじめた時期と合致している。

凛太郎は少し間を置いて言った。

「それで、その……もしかして、その相手への腹いせで会社の備品を持ち出したのかい？」

できるだけ優しく訊いたつもりだった。

美香子はハッとしたあとに、バツの悪そうな顔をした。

「知っていらしたんですね」

「うん。その……総務課の小玉さんに相談されてね」

「だからよく小玉さんと話していたのね……」

「ああ」

ここで凛太郎は、春美が相談してきたいきさつを美香子に説明した。

転勤して来たばかりの凛太郎は犯人じゃないという、春美なりの考察だ。

そしてミステリー好きの春美は、備品を持ち出せないようにするのではなく、犯人捜しをしたいと言い出したと告げた。

「どうして私とわかったんですか？」

「実は……会社にも内緒で備品室に小型カメラを取りつけたんだけど、そこに君が映っていた」

「じゃあ、言い逃れはできませんね」

美香子はあっさりと白状した。

「だけど理由がわからなかった。別に高価な物でもないし、君がお金に困っているとも思えない……」

「私、総務課の木村課長と不倫してたんです」

「へ？」

思わず目をぱちくりさせてしまった。あまりに意外すぎたのだ。

木村の容姿を思い浮かべる。

丸顔で、ずんぐりむっくりの体型だ。

人畜無害《じんちくむがい》だが、お世辞にもイケメンでもイケオジでもない。

十人がすれ違ったら十人が振り返るような、派手な美人の美香子とは釣り合わない。いや、それ以前の問題だ。

まあ性格は温厚で優しいが……。

（あっ、そうか）

美香子はファザコンなのだ。

なるほど木村だったら「いいお父さん」を地でいっている。

「相手は木村課長か……それで総務課が管理している備品を……」

美香子は大きくため息をついた。

「木村課長とつき合ってる間も寂しい想いをずっとしてきたのに、今さら別れるなんて……裏切られた気持ちになって……」

「八年だもんなあ」

「いずれ妻とは別れるって言ってくれてたんです。でも、ずっとはぐらかされているうちに、そんなことも言わなくなって……もうすぐ九年目になるのに、確かにこのままではよくないって、私も怒ったりはしたんですけど、でも……やっぱりすんなりとは納得できなくて」

「それで、その腹いせに？」

美香子は小さく頷《うなず》いて、恥じいるような笑顔を見せた。

「ちょっとだけ困らせようって……でも子どもじみてますよね……」

凛太郎はちょっと哀しくなってしまった。

女性として一番魅力的な二十代半ば以降の八年間を、美香子は未来のない男に費やしてしまったのだ。復讐したい気持ちもわかるし、折り合いをつけたいと思う気持ちもあったのだろう。

「すみません。課長にもご迷惑おかけしてしまって。今さらですが持ち出した備品はすべてお返しします……」

凜太郎は、そこで慌てて口を挟んだ。

「いや、俺は何も聞いてないよ。備品がなぜか消えたらしいってだけで、もしかして元に戻ってくるかもしれないし。そうなれば別に会社に言わなくてもいいしなあ」

最後まで聞いてしまったら、一応会社に報告しなければならない。

だが隠そうが盗もうがなんだろうが、とにかく元に戻ってさえいれば、会社に言わなくて済むのだ。

美香子も察してくれたようで、

「課長、ありがとうございます」

と頭を下げた。

それにしても気の毒な気がした。

不倫は……美香子も最初から妻子持ちだと知っていただろうから、お互い様だと思う。だけど、八年も引っ張っておいて、関係を勝手に清算した木村は、ちょっとひどいと思う。

「俺が言うのもどうかと思うけど……でも、何もかも忘れて新しい恋を見つけた方がいいよ。今ならマッチングアプリとかで性格や趣味の合う人も見つけられるし……その……坂戸さんは十分に魅力的だから……」

言えた義理ではないが、本当にそう思った。

まだ三十四歳と若いし、目鼻立ちの整った美人だ。本来の性格も可愛らしい。

むしろ、ここで不倫を清算できたのはよかったのかもしれない。

「でも……課長」

「ん？」

向かい合って座っていた美香子が、こちら側にやってきて言った。

「マッチングアプリじゃ、身体の相性まではわからないですよね？」

身を寄せられて、凜太郎は再び身体を熱くする。

ウフフと笑って美香子は続ける。

「だから原島課長には、新しい彼氏が見つかるまで、ベッドの上だけの彼氏になってもらいたいな……」

そう言って、甘えるようにおねだりされた。

「え？　それって……」

「だめ？」

抱きつかれると、また理性が吹き飛んで、そのまま畳に美香子を組み敷いてしまった。浴衣の前からこぼれた胸のふくらみとムッチリした太ももに、凜太郎は欲情する。

それにしても、いきなりセフレになってほしいと言い出すなんて。美香子はどうやら根っからの不倫体質のようだが、それにしても女性というのはわからないものだ。

2

昼になったので、凜太郎は岩下と宍戸《しど》という部下を連れて、会社近くの定食屋に行った。

満席だったが五分で席が空《あ》いたので三人でテーブルに座り、メニューを見る。

凜太郎はカツ丼を注文し、岩下と宍戸はチャーハンとラーメンのセットを頼んだ。しかも大盛りだ。二十代の旺盛《おうせい》な食欲がうらやましかった。

店に備えつけのテレビでワイドショーを何気なく見ていたら、スマホを眺めていた宍戸が急に訊いてきた。

「そういや、課長がさっき持っていた小型カメラ、あれ、何に使うんです？」

「カメラ？」

同じくスマホを見ていた岩下も顔をあげた。

午前中に備品室に入って、小型カメラを取り外したのだ。この件は春美にも連絡済みである。

だが、真相はまだ春美に伝えていなかった。

それを言うと、美香子が不倫をしていたことや、その相手が木村課長、つまり春美の直属の上司だと言わなければならなくなる。

だから詳しいことは後日説明するが、問題は解決したから小型カメラを外すとだけ、ＬＩＮＥで伝えたのだった。

「ちょっと使いたかったからさ」

「何にです？」

宍戸が食い下がってきた。

「いや、ほら、社宅に取りつけるなら、どんなのがいいかって」

咄嗟《とっさ》にウソをついた。

宍戸が首をかしげる。

「あれ？　あの社宅ってそんなに物騒《ぶっそう》だったんすか？」

「いや、そういうわけじゃないけどさ」

凛太郎はコップの水を飲みながら、またテレビに視線を戻す。

社宅に防犯カメラをつけるというのは、その場しのぎの嘘だ。あのマンションはウチの会社の持ち物ではないから、当然ながら勝手に防犯カメラを取りつけることなどできるわけがない。

岩下がスマホを置いて言った。

「あの社宅、いいよなあ。繁華街は近いし、坂戸さんも住んでるらしいじゃないですか。俺も入ればよかったなあ。課長がうらやましいっす」

そう言われて、じゃあ、入ればよかったのにと返したら、

「でも休日まで、会社の人間と会いたくないっすから」

岩下が今どきの若者らしいことを言う。

「入りたいのか入りたくないのか、どっちなんだよ」

「休日も坂戸さんには会いたいっすね」

「課長は勘弁っす」

岩下が真顔で言った。建前すら言えないのはムッとするけれど、こいつのキャラクターだったら許せる気がする。

宍戸もその話に乗ってきた。

「そういや会社の前の弁当屋さんの夫婦も、あの社宅の近くに住んでたんじゃなかったっけ？」

「よく知ってるな」

凜太郎が言うと宍戸は自慢げに、

「俺、あの店の奥さんと仲いいっすもん。いろいろ聞いたんすよ」

岩下も会話に入ってきた。

「あの弁当屋の奥さんか。いいよなあ、なんかエロくて。結構年上だけど、一回お願いしたいよな」

グラスの水を飲んでいた凜太郎は噎《む》せそうになる。

「あの社宅のマンションさ、木村課長が言ってたけど、すげえ美人のシングルマザーも住んでるらしいぜ」

「へえ、ますますいいなあ」

おそらく瑛子のことだろう。

（個人情報ダダ漏れだな。まったく……）

だが確かに、あの社宅マンションの美人率は高い。

不倫の話もやたら多いし……地方が乱れているのか、それともこれが名古屋気質なのか……。

そんなことを考えていたら、注文したものが運ばれてきたので、みなで箸を取って一気にかき込んだ。

食べながら、今日は美香子の機嫌がいいと岩下が言い出した。

「あれは、久しぶりにヤリまくってすっきりした顔だ」

「まーた、岩下さん、そういうセクハラ発言をすぐ口にするんだから。でも確かに腰のあたりが色っぽいというか」

「だろ？」

若者ふたりが、いひひと下卑《げび》た笑みを浮かべた。

凜太郎は適当に聞き流すふりをしながら、冷や汗をかいていた。

（よく見てるなあ。これは気をつけないとマズいな）

だがどうやら美香子と木村課長の不倫は噂にもなっていないようだ。そのへんは美香子と木村がうまくやっていたのだろう。

「そういや、岩下さん。この前も小玉さんにセクハラ発言して怒られてたでしょう？」

宍戸がラーメンをすすってから言った。

チャーハンをレンゲでかき込んでいた岩下は、いったん呑み込んでから、

「だってあの子、エロいぞ」

「えー⁉ あんなに地味で真面目そうな子が？」

「眼鏡取ったら、なかなかいけると思うぞ。セックス好きそうだし、あれはヤリまくっとる顔やな。間違いない」

「地味な子ほど、セックスは激しいって言いますしねえ」

ふたりが昼飯時に似つかわしくない、下ネタで盛りあがっている。

「おまえら、今の会話、セクハラ確定だぞ」

凜太郎は箸を止めて言うと、岩下が目を細めた。

「そういや課長。小玉さんと仲いいって噂じゃないすか。もしかしてもう……」

「アホか。適当なこと言ってるとまた怒られるぞ。早く食べて会社に戻ろう」

自分も最後のカツを口に入れつつ、春美のことを思った。
確かに、彼女の部屋の本棚に隠してあった官能小説は、いまだに気になっている。
地味で内気なのに、あのハードな小説のラインナップは……。
《あれはヤリまくっとる顔やな》
ホントだろうか。
気がつくと、なんだかずっと春美のことを考えている自分がいる。

3

デスクに戻るなり、春美からＬＩＮＥが入った。

《今夜、ぜひ事件の真相を聞かせてください。社内ではまずいと思うので、また部屋に来てもらえませんか》

またあっさりと、とんでもないことを書いてきた。

確かに二度も春美の部屋にあがっている。とはいえ、春美に警戒心はないのだろうか？

それに、

《あれはヤリまくっとる顔やな》

岩下の言葉が脳裏から離れない。

今までは地味で真面目だが、内心ではセックスに興味津々の処女……というイメージだった。

だが岩下の言う通り、もしヤリまくっていたとしたら……。

岩下の余計な言葉で、もやもやしてしまう。

実はああ見えて、春美は経験豊富で、ずっと凜太郎に色目を使っていたのだとしたら……。

誰とでも寝るような、そんな淫乱女だったら……。

(いやいや、そんなわけあるかっ!)

と思いつつも否定はできない。

もしそうだったら、なんだか幻滅《げんめつ》である。

凜太郎はもやもやした気持ちのまま、約束の十九時になったので春美の部屋のインターフォンを押した。

「はあい」

といつもの春美の明るい声がして、ガチャッとドアが開く。

大きな眼鏡に艶々した黒髪。

いつもの雰囲気だが、すでにルームウェアに着替えていて、上はざっくりしたパーカーに下はジャージというラフな格好だった。

(今日はだいぶおとなしめだな)

いや、これが普通なんだと思う。地味な彼女のイメージ通りじゃないか。

凜太郎は部屋にあがる。

この前と同じローテーブルの奥に座る。

珈琲を持ってきた春美は、すぐに話を切り出した。

「実は、今日備品室のロッカーの中を確認したら、増えてたんです。というか、これまでなくなった備品がほぼ全部戻してあって……」

春美が戸惑いながら言う。

(ああ、早速返してくれたんだな、坂戸さん)

彼女も罪の意識があったのだろう。

珈琲カップに口をつけてから、凜太郎は言った。

「坂戸さんに確認したよ。やはり彼女だったんだ。でも、備品を盗んだわけじゃなかった」

「じゃあ、どうして……」

「別に金に困ってたわけでも、備品を欲しかったわけでもない。どうやら、ある人を困らせようとして、別のところに隠していただけだった。彼女は反省していてね、すぐに返しますと言ってくれたんだ。だから俺は、会社には言わないと約束した」

春美は腕組みをして、しばらく考え込んでいたが、やがて神妙な顔つきになって話しはじめた。

「……坂戸さんが困らせようとした人って、木村課長ですよね？」

早々に言い当てられて、ギクッとした。

「い、いや、それは……」

ごまかそうとしたが、春美はきっぱりと言った。

「実は私、木村課長と坂戸さんがそういう関係なんじゃないかって、うすうす気づいてたんです」

意外だった。

美香子のファンだった岩下や宍戸も気づいていなかったのに……。

まさか春美がふたりの関係を疑っていたとは。

もうごまかせないと観念して、凜太郎は尋ねた。

「小玉さんは、どうしてふたりがつき合ってるって思ったの？」

その言葉に春美は困惑したような顔をした。

しばらく言いにくそうにしていたが、やがて真っ直ぐ向き直って、切り出した。

「あの……信じてもらえないと思いますが、木村課長と坂戸さん、仕事の話をしてるだけなのに、ふたりとも身体からエッチなフェロモンを出してたんです」

「はあ？」

凜太郎は唖然《あぜん》とした。

「フェロモンって……何かその……いかがわしい雰囲気を感じ取ったってこと？」

春美はどう言ったらいいかわからない、と首をかしげながら続ける。

「雰囲気というか、匂いです。普通はしないんですけど、あのふたりが話してるときだけエッチな匂いが……でも今年に入ってから、その匂いもしなくなって。もしかしたら昨年末に別れたのかなって」

別れた時期も当たっていて、凜太郎は戸惑った。

「その匂いって、あのふたりだけからしかしないの……？」

訊くと、彼女は首を横に振った。

「営業課の岩下くんも、総務課の二年目の女の子と話していると同じような匂いが……しかもひとりだけじゃなくて他の課の女の子とも……」

「なんだって⁉」

確かにあの岩下だったら、社内二股も平気でやりそうな気がする。

これは確かめてみる必要がありそうだ。

「それにしても……フェロモンねえ」

凜太郎はまた珈琲を一口飲んだ。

よくわからないが、野生動物の中にはフェロモンを発する種もいるし、人間だって動物なのだから、同じように何かを出しているのかも。それをこの娘は感じ取れるのだろうか。

色恋には奥手だと思っていたのに、やはり岩下の言うように春美は《ヤリまくっている》のか？

そんなことを考えていて、ハッと思った。

（待てよ、じゃあ俺が坂戸さんや奈々さんとセックスしたことも……）

そういえば、先週、奈々の弁当屋さんで怪訝《けげん》な顔をした春美は、何も買わずに店を出てしまったよな。

（いや、まさか……そこまでは気づかないだろ）

ずっと不倫していたわけじゃなく、たった一晩だけのアバンチュールだ。さすがにそれはバレていないだろうと思ったら春美は続けて言った。

「ちなみに今日、坂戸さんから久しぶりにエッチな匂いがしてきて……誰と話してるのかと思ったら、原島課長で……」

「えっ？」

焦るというより、背筋が寒くなった。

これはまずい。まずすぎる。

「いやいやいやいや、そんなこと言われても……」

「それに……今だってその匂い、課長からしてるし……」

「は？」

驚いた。

「ちょっと待って……その匂いって……なんだかわからないけど……恋愛関係にあるふたりからしか出ないんだよね……えっ⁉」

春美を見る。

（それはつまり……俺と小玉さんも……？）

彼女が真っ赤になって、もじもじしだした。

（えっ？　ちょっと……）

彼女の言うことが正しければ、自分と春美もフェロモンを発しているということになる。

つまりそれは、性的なことを求めている者同士……？

うつむいていた春美が顔をあげた。

目の下を赤く染めている。艶っぽい雰囲気にドキッとした。

春美はちらりと本棚に目をやってから静かに言う。

「原島課長が初めて私をこの部屋まで送ってくれたとき……この本棚、見ましたよね？」

「え？　い、いや、見たけど……その……ほら、ミステリーがたくさん並んでたからどんな作品を読んでるのかなって、ちょっと見ただけだよ」

「ウソ……。棚の奥、見ましたよね」

春美が恥ずかしそうに言葉をしぼり出した。

「えっ……小玉さん、もしかしてあのとき、起きてたの？」

春美が、こくんと頷いた。

「あのとき私、すごく酔っていて気持ち悪かったけど、意識はあって……」

そこまで言って、また恥じらうようにうつむいた。

あの本棚の奥に並んでいるのは、『女教師凌辱』『処女の匂い』『ＯＬ調教』に『おねだり女子大生』というハードなタイトルばかりだった。

しかも凛太郎が手に取ったのは『処女ＯＬセフレ化計画』という作品である。

あの蔵書を見られたことは春美にとって、この上なく恥ずかしいことだろう。

「ごめん。君のプライベートを……」

「いいんです。でも、私……その……恋愛経験がまったくなくて、男の人に見られちゃったのも初めてで……。どうしていいかわからなくて……その……ずっと言い出せなくて……」

「え？　恋愛経験がないって？」

凛太郎が聞き返すと、春美は小さく頷いた。

（待てよ……確かに……）

彼女の本棚の官能小説には「処女」という言葉が入ったタイトルが多かった気

がした。

「そ、そうだったのか」

「ええ……だから……私……」

顔を赤くした春美が立ちあがる。

そして本棚の前にしゃがみ込み、一番下の棚に並べてあったハードカバーを五冊ほど抜き出して、その奥から細長い物を取り出した。

凜太郎はギョッとした。

彼女が取り出したのは、男性器を象《かたど》ったバイブレーターだった。

「なっ！……えっ……⁉」

春美はバイブレーターを持ったまま、凜太郎の隣に座った。

驚いて言葉を失っている凜太郎の前で、春美は顔を真っ赤にしてうつむいた。

「あの晩、原島課長から……ずっといやらしい目で見られていて……どうしようってずっと思ってたんです。でも、何もしないで帰ってしまわれたから……あのあと私……ひとりで、これで……」

息を呑んだ。

つまりあの晩、春美は期待していたのだ。

「原島課長、実は課長が転勤してきてからずっと、いやらしい匂いがしてるんです。私、いろいろ妄想がふくらんでしまって……いろんなことを課長にされちゃうような……」

春美の眼鏡の奥の目が潤んでいた。

棚の奥のタイトルを思い出す。

『処女ＯＬセフレ化計画』

『濡れた処女ＯＬ　襲われて』

彼女の中にはマゾ気質があるのかもしれない。

（とすると俺はＳ性なのか？　ＳとＭで相性が……だから……）

瑛子や美香子とのことを思い出す。

抵抗できないように縛ったり、排泄の穴を辱《はずかし》めたり……自覚してなかったけれど、自分は責め好きだったのか……。

「本気なのか？　い、いいんだな？」

気がつくと、口をついてそんな言葉を発していた。

彼女は小さく頷いた。

（震えてるじゃないか……）

恋愛経験ゼロということは、処女である。

愛おしさと、そして征服欲がふつふつと湧きあがるのを感じた。

おそらく彼女はマゾだろう。

本棚の奥の小説のタイトルを見る限り、いじめられたがっている。ならばと凜太郎は春美の持っていたバイブを奪い取って、その先端をパーカーの胸のふくらみに押し当てた。

「じゃあまず……今ここで、して見せるんだ」

バイブで巨乳をグリグリされた春美は、顔を真っ赤にして身をよじった。

「自分で慰《なぐさ》めるんだ。今、俺の見てる前で……いつもしてるみたいに……」

「そ、そんなの……無理です。恥ずかしい……」

「しないと俺は、もう何もしてあげないよ」

春美の顔がひきつった。

女性に対して、こんなひどい要求をつきつけたことがあっただろうか。

だが……おそらく、春美は辱められることを待っているはずなのだ。

「ウ、ウソですよね」

「本気だよ」

興奮気味に凜太郎は告げる。

当然ながら春美は戸惑っていた。

無理もない。いくらエロいことに興味津々だといっても、初体験の場で、オナニーを見せろと強要されているのだ。

春美は今にも泣き出しそうな顔で、もじもじしている。

唇を噛みしめ、怯《おび》えている。その一方で何かにとりつかれたように、興奮している様子も垣間見えるのだ。

眼鏡の奥のじゅんと潤んだ瞳が、ゾクゾクするほどエロティックだった。

「早く脱いで、始めるんだ」

春美は愛用のバイブレーターを胸に抱いて、震えている。

「こ、ここでですか？　あの……せめてベッドで」

「ここでするんだ。全部脱いで、このテーブルの上でオナニーをして見せるんだ」

語気を荒らげると彼女はビクッとした。そして目をつぶり、小刻みに身体を震わせている。

そしておずおずと凜太郎の前で立ちあがった。

（す、するのか？　こんなに地味で真面目で男を知らない女の子が、人前でオナニーを……）

春美は震える手でパーカーの裾をつかみ、一気にたくしあげた。

（おおっ！）

白いブラジャーに包まれた乳房の迫力に、凜太郎は目を見開いた。

瑛子や奈々も大きかった。

特に奈々のおっぱいは顔が埋まるほどの巨大さだったが、春美のふくらみはそれを遥かに凌駕《りようが》していた。

（マ、マジか……いったい何カップなんだよ）

呆気に取られていたが、凜太郎は思いきって訊いた。

「大きいね。サイズは？」

春美が「信じられない」という顔をした。

その歪んだ表情がひどくそそる。

じっと見ていると、春美は観念したようにため息をついてから、恥ずかしそうにつぶやいた。

「……き、九十四センチ……」

「それって、何カップ？」

「……ジ、Gです。Gカップ……」

春美は消え入りそうな声で言ってから、首を横に振った。

「Gか……すごいな……こんなスケベな身体を隠して、会社に来ていたんだね」

凜太郎はわざと羞恥を煽《あお》るように言う。

（し、しかし、ホントにすごいな……この娘……）

ブラジャーはフルカップで、しっかりと二十五歳の張りのある双乳《もろち》を包み込んでいる。それなのに横から乳肉がハミ出しそうな迫力である。

もう冷静ではいられなかった。

春美は首筋まで生々しいピンク色に染めて、恥ずかしそうにしながら、ちらりと横目でこちらをうかがってくる。その怯えた目がやけにそそる。

「次は下だ。顔が赤いけど、もうやめるかい？」

春美は唇を嚙みしめながら、いやいやと首を振り、腰に手をやり、ジャージのパンツに手をかけた。

しかし上を脱ぐみたいにには、簡単にいかないようだ。

せつなげな深い吐息をこぼし、長い睫毛《まつげ》を震わせている。しかし呼吸を乱しながら中腰になり、一気にジャージをズリ下ろした。

「おお……」

凛太郎は思わず声を漏らしてしまった。

白いパンティ一枚の春美の下半身が、あまりに悩殺的だったのだ。

くびれた腰から豊満な尻へと続く丸みのある稜線《りようせん》が、二十五歳の処女ＯＬの色香をムンムンと発している。

(なんなんだ、この娘は……エ、エロすぎだろ)

震いつきたくなるほどの豊満な双尻から、ムッチリした太ももへと続く肉感的な丸みがなんともエロい。

「ううう……」

春美はうめき声を漏らしつつ、胸と下腹部を手で隠した。

まるでストリップショーのように、下から男に性的な目で視姦《しかん》されるのは恥《ち》辱《じよく》でしかないだろう。

「真っ直ぐ立って」

凛太郎に言われ、春美は顔をそむけて直立の姿勢を取る。

純白の下着が、清楚で可憐《かれん》な処女によく似合っていた。

装飾の少ない地味なデザインの下着だ。ガードが堅そうな真面目な子にエッチなことを強要しているこの状況に、股間がビンビンになっていく。

（しかし……い、いやらしいな……この娘の身体……）

可愛い二十五歳が、恥ずかしい下着姿で立たされているだけでも十分にいやらしいのに、その身体が男好きする肉づきのよさなのだから、たまらない。

ミルクを溶かし込んだように白くなめらかな柔肌。

女らしく丸みがあり、抱き心地のよさそうなプロポーション。

異様な興奮が凜太郎を包み込む。

「じゃあ次は、その自慢のお、おっぱいだ」

部屋の中はやけに濃密な雰囲気が漂っている。

本気でこの娘をいじめて従属《じゅうぞく》させたい気分だ。

まさにあの官能小説の『ＯＬ調教』である。

むらむらと欲情が湧いてきて嗜虐《しぎゃく》の心を揺さぶってくる。

春美はためらっているものの、やがて意を決したかのように大きく息を吐いてから、両手を背中にまわした。

ホックが外れてブラカップが緩むと、豊かなふくらみが露わになった。

春美は豊満な乳房にしっかり片手を当てながらブラジャーを抜き取り、足下に落とした。

ミルクのような甘い匂いがふわりと漂う。

脳みそがとろけて、おかしくなりそうだった。

「は、早く、最後の一枚を」

急かすように言うと、

「うう っ……」

春美は恥部を隠しながらうつむいていたものの、言われた通り、手を下に持っていく。

すると手で隠していた双乳がこぼれて、ぷるんっと揺れた。

「おお、すごい!」

思わず声を出してしまった。春美がちらっとこちらを見た。下唇を噛《か》んで羞恥にたえている。

九十四センチのGカップバストは、釣《つ》り鐘型《がねがた》の美しい形をしていた。

乳首がツンと上向いて、乳頭部全体がサーモンピンクで鮮やかだ。乳首はわずかに陥没《かんぼつ》して縦に小さな亀裂が入っている。

春美がパンティに手をかけて、少しずつ下ろしていく。

「あ……あ……」

相当恥ずかしいのだろう。

悲痛な声を漏らしながら、中腰になってパンティを下ろす。

男の前で自ら脱いでいく屈辱と興奮に、可愛らしい処女の女の子の目尻がぽうっと赤く染まっていくのがなんとも扇情的だ。

（なんていやらしい光景なんだ……）

春美はパンティを膝まで下ろす。

ムッチリした下半身と、ふっさりとした繁みが露出した。

凛太郎の鼻息が荒くなる。

そしてようやくパンティを足首から抜き取って、震える手で下に落とす。

「よし、そのままテーブルに乗って……あ、脚を開くんだ」

凛太郎が真顔で言う。

眼鏡をかけた春美は乳房と下腹部を手で隠しながら、いやいやした。

4

処女のストリップは、この上なくエロすぎた。

おそらく彼女のマゾ気質が、そうさせるのだ。

「テーブルの上に乗って……座って脚を開いて……い、いつものバイブでしてみせて……」

再び語気を強めて言うと、全裸の春美は泣き出しそうな顔をしながらも、テーブルに乗ってしゃがみ、顔をそむけながら、おずおずと膝を開きはじめた。

(おおおっ！　や、やるのか……俺の前で、オナニーを……)

ドクッ、ドクッ、と心臓が脈を打った。

唾を呑み込み、凜太郎は脚を開いていく春美を食い入るように見る。

春美は片手で恥部を隠し、もう片方の手に、黒光りする男根の形をしたバイブレーターを持っている。

陰毛とスジを隠す手が可哀想なくらい震えている。

その状態でこちらを見た。

表情が、

「ホントにするの？」

と、戸惑っている。

「そう、するんだよ。だって君は……」

凜太郎は立ちあがり、本棚のミステリー小説を何冊か抜き取り、その奥に隠してあった官能小説を春美の目の前に放り投げた。

『濡れた処女ＯＬ　襲われて』

『ＯＬ調教　イキ恥《はじ》の夜』

『痴漢ＯＬ　魔指でイカされて』

タイトルもすごいが表紙もかなりどぎつかった。

春美は大きく目を見開き、下唇を噛んでわなわなと震えている。

「こんなエッチな小説を夜な夜な読んで、エロい妄想して……それでそんなオモチャで慰めて……そんなスケベな娘なんだから、オナニーを見せるくらい平気だろ？」

煽りながら、放り出された本の中の一冊が目に入った。

『夜の女子寮　処女ＯＬの雫《オナニー》』というタイトルだ。

その本を手に取ってぱらぱらとページをめくると、最初の方にＯＬがオナニーを強要されるシーンがあった。

「これと同じようにしてごらん。読んだから覚えてるだろ？」

凛太郎はオナニーシーンのページを開き、彼女に手渡してやる。

それを受け取った春美は、一度くすんと鼻をすすってから、

「うう……」

とうめきつつ、うつむきながら震える右手で持ったバイブレーターを、自らの股間へと近づける。

（おおっ、すげえ）

おまんこは小ぶりで、アーモンドピンクの中身が見えていた。肉びらも小さくて慎《つつ》ましやかな女の園だ。

（キレイだ……おまんこまで可愛らしいんだな……）

春美が大きく息をつき、バイブの先をスリットに当てた。

それだけで、ぬちゃ、という湿った音が凛太郎の耳に届いて驚いた。

「お、おい……もう濡れてるじゃないか……」

凛太郎が煽ると、春美は手に持った本で口元を隠し、いやいやと首を振る。

その音が恥ずかしかったのだろう。

春美は目を閉じてうつむいた。

「勝手にやめちゃダメだ。も、もっと奥までっ」

凜太郎が強く言うと、彼女は顔をそむけつつも、バイブを自分の狭いとば口にゆっくりと嵌《は》め込んでいく。

「あンッ……」

かすかな喘ぎを漏らした春美が、M字に開いた脚を震わせる。

一度バイブの半分くらいまで挿入してから引くと、クチュ、という水の跳ねるような音がして、

「あ……あ……」

と春美がうわずった声を漏らす。

「い、いやらしい音だ。もうぐっしょり濡らしているんだろう？」

「ああん、いやっ……言わないで」

春美は恥ずかしそうに口元を官能小説で隠しつつ、ゆっくりと抜き差しを始めた。

（おおっ、エ、エロっ）

もうこの異常な行動に自ら昂ぶってしまったのか、先ほどのように手を止めよ

うとはせず、出し入れを続けながら、

「んっ、ンンンッ……だめっ、は、恥ずかしい……」

とせつなそうに言い、

「あっ、あっ……」

と半開きになった口唇から、ひっきりなしにヨガり声を漏らしはじめた。

（ああ、いやらしすぎるっ……バージンの女の子のオナニーシーンだ……）

春美は眉間《みけん》に悩ましい縦ジワを刻み、とろんとした目で全身をわなわなと震わせていた。どう見ても喜悦《きえつ》を嚙みしめている様子だった。

「き、気持ちいいのかい？」

春美は顔を横に振る。

しかし彼女の瞳はすでにとろけ、バイブを抜き差しする動きも少しずつ早くなっていく。

「お願いっ、もう見ないでっ……ンッ」

春美はハアハアと息を弾ませ、恥ずかしそうに何度も首を振る。その左手から文庫本がこぼれ落ちた。

「ンッ……ああん……」

それなのに、見ないでと言いつつ、甘ったるい声と、ぬちゃ、ぬちゃっ、という濡れた音が大きくなっていく。

次第に乱れていく処女の様子に、目が離せなくなってきた。

「もっと……もっと奥まで入れてごらん」

「そんなの……だめっ……できないのに……あぁっ……入っちゃう……」

だめと言いつつも、春美がグッと奥までバイブの先を突っ込むと、

「あああぁっ……！」

ガマンできないとばかりに、いよいよ顎があがりはじめた。

さらには右手でバイブを入れながら、左手で大きな乳房を自ら揉みしだきはじめる。

（す、すごいな……とても処女とは思えない……）

こちらも昂ぶってしまって、ズボンの股間がテントを張ってしまっている。

「あん、ああん……」

次第に春美のよがり声が大きくなり、バイブの動きが加速していく。

そのときだった。

「ああ……ねえ、だめっ……あぁんっ、か、課長っ……」

春美がすがるような目をして見つめてきた。

「ど、どうした？」

凜太郎は慌てて身を乗り出すも、春美は何度も首を横に振って、目をギュッと硬くつむった。

「だめっ……だめっ……ンッ、ンッ……」

そして乳房を揉んでいた左手で自分の口を塞いだ。

次の瞬間。

「ンンッ！」

春美がつらそうにうめいて、ほっそりした顎を急にそらした。

そしてM字開脚していた全身が、ビクッ、ビクッと大きく痙攣し、すぐに脚をギュッと閉じてしまった。

凜太郎はハッとして言った。

「まさか……イッたのか……オナニーを俺に見られて……」

春美はバイブを抜いて、テーブルの上でハアハアと息を弾ませて、

「いやっ……見ないでっ……」

とうつむいてから、まるで獣のように凜太郎にむしゃぶりついてくるのだっ

た。

5

まるでため込んでいたものを一気に吐き出すような、激しい抱擁だった。

「ああ……お願い、課長。私の処女を……初めての人になってください」

春美は泣き出しそうな顔でじっとこちらを見る。

そして左手で、ズボンの上から凜太郎の硬くなった股間を撫でさすってきた。

「あんっ……お、おっきい……」

初めて触れたのだろうか。彼女は大きな目をさらに見開いて、凜太郎の股間のふくらみを凝視しながら、ぎこちなく撫でてくる。

「小玉さんのオナニー、すごくエッチだったよ。だからもう、こんなになってるんだ」

耳元でささやくと春美は、

「あぁーんっ！」

真っ赤な顔をして凜太郎に抱きついてくる。

春美と見つめ合い、キスを交わした。

キスも初めてなのだろうか、凜太郎が舌先を入れると、

「んっ……」

吐息を漏らし、ビクッとして固まった。

(可愛いじゃないか……)

ねろねろと舌先で、彼女の口腔内をくすぐっていると、やがて春美もおずおずと舌をからめてくる。

「んふっ……ううんっ……」

何度も角度を変えてキスをしていると、彼女は息苦しくなったのか、唇を離して肩で息をする。

すぐにまた唇を奪った。

「ううんっ、ううんっ……」

情熱的なキスで、激しく口腔を舐めまわす。

すると、

「うっ……ううっ……！」

彼女はビクビクンッとして全身を強張らせ、がくがくと腰を揺らした。

凜太郎は驚いてキスをほどき、まじまじと春美を見る。

口を開けたままの春美はギュッと目をつむり、凜太郎の腕にしがみついたまま震え、腰をしゃくりあげた。

「まさか……キスだけでイッたのかい……？」

彼女は耳まで真っ赤にした顔で、小さく頷いた。

（な、なんて感度がいい娘なんだ……きっと今まで何百回と繰り返してきたオナニーのせいで、敏感な身体になって……）

春美は顔をあげて、潤んだ瞳を向けてくる。

「課長……ううん、凜太郎さん、いい匂いがする」

「例のフェロモン？」

「すごくいやらしい匂い。だから私、キスだけで……」

春美の瞳は恍惚《こうこつ》としていた。

欲情しきって、涙目になっている。彼女は男を求めている。

愛おしかった。

うねりあがってくる劣情《れつじょう》をぶつけるかのように、春美を強く抱きしめて、ベッドに寝かせて自分も服を脱いだ。

パンツを下ろすと、硬くなったモノが飛び出してきた。

春美は視線を泳がせる。

「怖いかい？」

訊くと彼女は首を横に振った。

「大丈夫です。私、凜太郎さんにめちゃくちゃにしてほしかったから……」

顔を赤くして春美が言う。

彼女の初めてが、こんな中年男でいいのだろうか。ましてや既婚者だ。

だが春美は期待している。

その期待を裏切れないと思いつつも、もう自分も後戻りできないほどに欲情していた。

凜太郎は全裸の彼女を抱きしめた。

（くうう、す、すべすべだ……それに柔らかいっ……さすが二十五歳）

手のひらで春美の背や腰や生のヒップを撫でまわす。そのたびに、春美の身体はビクンッ、ビクンッと痙攣する。

大きすぎるバストと、細くくびれた腰から蜂のように急激にふくらんでいる臀《でん》部《ぶ》と太ももは、若い女性らしい官能美にあふれている。

ベッドに仰向けになった春美の耳の下から鎖骨《さこつ》、そうして乳房や腋《わき》の下へと全身を舐め、さらに大きなバストを下からすくいあげる。

「ああっ……はああっ……」

すると春美は早くも気持ちよさそうに顎をせり出し、腰を妖しげに揺らす。

（まるで、全身が性感帯のようだ……）

キスだけでイッてしまうくらい敏感なのだ。おそらく人前でオナニーをしたことが、春美の性感を昂ぶらせるスイッチになったのだろう。

凜太郎は両手で乳房をすくうように揉みしだき、左の乳首に顔を寄せてチュッと吸った。

「あっ……」

春美はしどけない声を漏らし、身体をよじらせる。

さらに舌でねろねろと舐めつつ、唇を押しつけて吸うと、一気に突起が硬くなってきた。真ん中が陥没していたはずなのに、平坦になってしこってくる。

「いいんだね、ここが」

訊くと、春美はせつなそうに喘ぎつつ、全身を震わせた。

自分の身体が言うことをきかなくなっていて、ピンクの乳首を舌で捏《こ》ねただけで、「ぁああ」と喘《あえ》いで顔をのけぞらせる。

片方の乳首を舌先で転がし、もう一方の乳房の突起を指でいじれば、春美はもうガマンできないという風に、何度も何度も下腹部をせりあげる。

そして、

「あっ……あっ……だめっ……だめぇぇ……！」

と叫んだかと思うと、ギュッと目を閉じて、股間を何度も何度も跳ねあげた。

（ウソだろ……乳首だけで、またイッたのか……？）

呆然としていると、目を開けた春美が恥ずかしそうに顔をそむける。

汗ばんだ肌からムンとした甘い女の匂いが立ちのぼってくる。

濃密で噎《む》せ返るような匂いだった。これがフェロモンなのかとその匂いで鼻孔《びこう》を満たしながら、真下へと舌を滑らせて、ふっさりとした茂みに唇を寄せていく。

「ああんっ、だめっ……私、まだイッたばっかり……」

春美が自ら恥ずかしい告白をした。

「うれしいよ。もっと感じてくれ」

凜太郎は優しく言って、女の恥ずかしい部分に顔を近づける。

春美は身をくねらせて太ももを閉じ合わせるが、それを両手でこじ開け、片方の足をぐいっと持ちあげた。

「あんっ……」

大きく開かされた肉ビラからは赤い果肉が覗き、ぬらぬらと蜂蜜をまぶしたかのように妖しくぬかるんでいる。

「すごく濡れてるよ」

ワレ目を舌先でなぞった瞬間、

「くぅぅぅ……！」

春美は大きく背を浮かし、ビクッと大きく打ち震えた。

「ああん……いやあっ……いやああ」

彼女は最初、恥ずかしそうに身をよじっていたが、やがてクンニの愉悦《ゆえつ》を受け入れると、自ら腰をくねらせてきた。

(処女なのに、す、すごいな……この娘……)

舌にまとわりついてくる蜜の量に、凜太郎は驚嘆した。

(初めてでこんなに濡れるなんて)

左右の親指で、ワレ目を開いてやると蜜がねっとりと糸を引き、濃密な香りに包まれる。

ヌプヌプと舌先を差し込めば、新鮮な愛液がみるみるあふれてきて、春美は両脚を震わせて、黒髪が乱れるほど顔を振りたくる。乳首を尖らせたおっぱいが揺れ弾み、清楚な美貌が喜悦に歪みきっている。

もっとだ。

もっと感じさせたいと、ねろり、ねろりと花びらを舐めれば、膣奥からまた新たな分泌液《ぶんぴつえき》が垂れこぼれ、獣じみた匂いがさらに強くなる。

「ああんっ、だめっ……だめっ……！　あああぁ！」

三度、春美は身体を強張らせてから、下腹部の痙攣がしばらく続いた。

「またイッたんだな」

言葉で煽ると、M字に脚を開いたまま、春美は恥ずかしそうに顔をそむけて頷きながら、ハアハアと荒い息をこぼしている。

初めてでもこんなに乱れるのか。

おそらく官能小説などで事前にセックスへの期待を高めて、何百回、何千回とオナニーを繰り返してきたのだろう。

ならばその期待に応えたいと、凜太郎は女のもっとも敏感な部分、クリトリスに狙いを定めてそっと舌先で触れた。

「ぁああ……そ、そこ……ああんっ、だめっ……あっ、あっ……」

だめと言いつつも、股間はもっとしてと言わんばかりにしゃくりあげてくる。

「ああんっ、だめっ……だめっ……ま、また……何かくるっ……もっと大きいのが……」

春美が表情を凍りつかせて、すがるようにこちらを見つめてきた。

「またイキそうなのか？」

凜太郎が訊くと、春美は何度も頷いた。

（ウソだろ……処女なのに……もう何回目だよ！）

これも今までのオナニーの賜物だろう。

そしてきっと彼女は想像力がたくましいのだ。

頭のいい女性はエロいと聞いたことがある。探究心と好奇心が強く、想像力がたくましいからだ。

春美はまさにそれだ。

まわりから真面目で地味なイメージを持たれている。しかし内面はとんでもなくエロい。そしてずっとガマンしていた性への衝動を解放したくなっている。

この普段とのギャップがたまらない。普段は地味でおとなしいから、自分の欲望を抑え込んでいる分、アブノーマルなプレイを好むのだ。

「イカせてほしいんだな」

春美は泣き顔で腰をくねらせながら、甘えるように目を細める。

ならばと凜太郎はテーブルの上の濡れたバイブを手に取り、春美の中にまたもやグッと差し入れ、スイッチを入れた。

「あうぅーッ!」

いきなりのバイブ挿入と振動で、春美が背中をのけぞらせた。

(うわっ、狭い)

中はどろどろにとろけているようだが、バイブの先が奥まで届かない。

これが処女のおまんこかと感動しながら、ゆっくり浅瀬を攪拌《かくはん》しつつ、同時にクリトリスを舌先でねぶると、

「はあああ! だめっ……だめぇぇぇ!」

たえられない、とばかりに春美が黒髪を振り乱した。

じっとり汗ばんだ乳房が、勢い、たゆん、たゆん、と揺れ弾む。もう見てわかるほどに乳首が屹立《きつりつ》しっぱなしだ。

「だ、だめっ……それだめっ……ああっ、ああっ……ねえ、ねえ……もうだめな

の っ……本物が……凜太郎さんが欲しいのっ」

春美は瞳を潤ませながら訴えてきた。

こちらももうガマンの限界だった。

バイブを抜き取り、いきり勃《だ》ちを右手でつかみ、濡れそぼる媚肉に押し当てる。

正常位でギンギンになったモノを春美の中に慎重に沈み込ませていった。

「ぁああっ！」

春美が叫んで、背をしならせた。

つらそうにギュッと目を閉じて、眉間にシワを寄せた苦悶の表情で、ハアッ、ハアッと喘いでいる。

(ああ、ついにこの娘の初めての男に……)

妻子持ちの中年なんかが初めての相手でよかったのだろうか。

罪悪感はあるが、彼女はもうずっとこの日を待ち望んでいたのだ。これでいいんだと自分に言い聞かせて少しずつ結合を深めていく。

分身がいよいよ半分ほど熱い滾《たぎ》りに滑り込むと、

「うっ……ううんっ……」

春美が両手でシーツをつかんだ。

「い、痛いかい？」

慌てて訊くも、春美は小さく首を横に振った。

（健気《けなげ》じゃないか……）

おそらくガマンしているんだろう。首筋が張っているし、シーツをつかむ手も震えている。

（これは動かせないな……）

しかし抱きしめて、時間をかけてキスしたり乳房を愛撫していると、

「あ……あっ……」

春美はうわずった声を漏らして、身をよじり、シーツをつかんでいた手を離して凜太郎の背中にまわしてくる。

結合部を見ればわずかに赤くなっていた。ドキッとしたものの、血は止まっており、漏れ出てきたのは透明な愛液だった。

（い、いけるか……？）

凜太郎は息をつめて、ゆっくりと腰を埋める。

春美の中はしっとりとよく濡れていて、もう馴染《なじ》ませる必要もないほどにスム

ーズに根元まで入っていく。

「うっ……んんんッ……あ、ああんっ！」

奥まで挿入すると春美がうめいた。

しかし痛がっている様子はもうない。見つめるとうっすらと笑みを浮かべる余裕さえあった。

「は、入ったよ、奥まで」

春美に告げると彼女は恥じらいながら頷いた。

「……すごい……なんか……全部埋まっている感じ……」

「想像通りだった？」

訊くと、春美ははにかんで首を横に振る。

「ううん……想像より、すごい……なんかふわふわして……正直ちょっと痛いんだけど、それが気にならないくらい、気持ちいい……」

ホッとしたのと同時に、それならば動かしたいと思った。

「じゃあ、動くよ」

小柄なせいか、それとも初めてだからなのかわからないが、春美の肉穴はとにかく狭かった。

（うああ……この娘の中、ギュッ、ギュッ、と締めつけてきて……狭いっ、それに……ああ……あったかい……）

ぬるぬるに濡れているのに締まりが良すぎて、どうにかなりそうだ。

射精をこらえて、くびれた腰を持って抜き差しすると、

「んっ……んっ……あ、あああんっ……」

春美は右手の甲で口元を隠しながら、早くも喘ぎはじめた。

（よかった。痛がっていない。しかも感じてる！）

興奮し、次第にピッチは速くなる。

「う、くぅぅぅ！　あっ、だ、だめっ！　いやっ、いやぁぁ……」

春美は困惑した声をあげて腰をくねらせた。

打ち込むたびに美しい乳房を、ぶるん、ぶるんと激しく揺らし、繊細な顎をこれ以上は無理というところまでせりあげる。

信じられないが、春美は初めてでも乱れていた。

発情しきっていやらしい声をあげて、もっとしてとばかりにギュッと凜太郎に抱きついてくる。

凜太郎も我を忘れた。

無我夢中で腰を使い、目の前で跳ねあがる乳房に吸いつき、舌でねろねろと舐めあげる。

「ああっ、ああっ、あああああっ……」

押し入ってくる男根の摩擦にたえようと、春美は時折「くっ」と下唇を噛みしめ、ギュッと目を閉じる。

可愛らしい仕草だった。

いや、それより何よりも春美の身体が気持ちよすぎた。

まるで膣内が、凜太郎の男性器を迎え入れるようにざわついている。

（もしかして……身体の相性がいいのか？）

そんなことを考えてしまうほどの愉悦を感じながら、さらに連打を繰り返していくと、

「ああんっ、硬いっ……ああん……り、凜太郎さんの……すごい……ああん、もっとして……めちゃくちゃにしてっ……」

初めてのくせに過激なことを口にするのは、官能小説を読みすぎたせいだろうか。

「ああ、た、たまらないよっ……」

パンパンパンッと肉の打擲音《ちょうちゃくおん》が響きわたるほど、ストロークを送り込んでいくと、

「ああ、だめっ……だめぇぇぇ」

しとどに蜜があふれ、獣じみた発情の匂いが増していく。

突き入れるたびに春美の肉襞がうねうねとからまり、痛烈な快感に襲われる。

「あああんっ、いい……いいの……凛太郎さん……ッ」

春美は眉間に縦ジワを刻み、激しい口づけを求めてくる。

キスをしながら一心不乱に突きまくる。

突いて、突いて、突きまくった。

「だめっ……イッ、イッちゃう！　そんなことしたら、またイッちゃうよおおっ！」

ついに春美が恥ずかしいアクメの前兆を口にした。

あの地味でおとなしい彼女を、ここまで淫らにしたという誇らしい気持ちで、さらにフルピッチで追い込むと、

「あ……あっ……イクッ……あぁんっ……私、またイクッ、イッちゃううう！」

春美が大きくのけぞり、ビクンッ、ビクンッ、と腰を跳ねあげる。

その瞬間、締まりのいい肉穴がさらに男根を食いしめてきて、気が遠くなるような快感とともに、熱いうねりを感じた。

「あぁっ、で、出るッ……」

性器の先が熱くなり、一気に欲望を春美の中に注ぎ込んだ。

「くうううっ」

脳天が溶けてしまうほど、気持ちよい射精だった。

もうこれ以上の歓喜があるとは思えない。

出し尽くしたときは精根尽き果て、がっくりと春美に覆《おお》い被さってしまった。

春美もハアハアと息を弾ませ、ぐったりしている。

汗ばんだおっぱいに顔を埋めていたら、春美が抱きしめてきた。

「あのエッチな匂いがずっとしてる。明日から私も会社でこの匂いを身体から出してしまうんじゃないかって不安です」

春美が顔を赤らめて、潤んだ瞳で見つめてきた。

そうか、これからも……とうれしくなったところで凜太郎はハッとした。

社宅の一階と六階には瑛子が、二階と四階には美香子と春美が、そして同じ町内には奈々もいる。

春美は関係の続きを望んでいた。
それは瑛子も美香子も、奈々も同じだった。
このままでは、この社宅中《マンション》にいやらしい匂いが充満してしまうんじゃないか。
(どうなるんだこれ……まずいぞ……)
夢の単身赴任ライフは、果たしてどんなことになるのやら……。

※この作品は双葉文庫のために書き下ろされたもので、完全なフィクションです。

双葉社の官能文庫が
音声でも楽しめます。
［全て聴くには会員
登録が必要です。］

←

双葉文庫

さ-46-13

地方《ちほう》の社宅《しやたく》がいやらしすぎて

2025年2月15日　第1刷発行

【著者】
桜井《さくらい》真琴《まこと》

【発行者】
箕浦克史
【発行所】
株式会社双葉社
〒162-8540 東京都新宿区東五軒町3番28号
［電話］03-5261-4818(営業部)　03-5261-4868(編集部)
www.futabasha.co.jp(双葉社の書籍・コミックが買えます)
【印刷所】
中央精版印刷株式会社
【製本所】
中央精版印刷株式会社

【フォーマット・デザイン】
日下潤一

ISBN978-4-575-52828-2 C0193
Printed in Japan